Chuangzuo
Xing
PiPing

创作性批评

刘子乐／著

羊城晚报出版社
·广州·

图书在版编目（CIP）数据

创作性批评 / 刘子乐著. —广州：羊城晚报出版社，
2015.8

ISBN 978-7-5543-0211-8

Ⅰ．①创… Ⅱ．①刘… Ⅲ．①诗歌理论集—中国
Ⅳ．①I207.2

中国版本图书馆CIP数据核字（2015）第153386号

创作性批评
Chuangzuoxing Piping

策划编辑	朱复融
责任编辑	朱复融 黄捷生 吴 娟
责任技编	张广生
装帧设计	友间文化
责任校对	胡艺超
出版发行	羊城晚报出版社
	（广州市天河区黄埔大道中309号羊城创意产业园3-13B 邮编：510665）
	网址：www.ycwb-press.com
	发行部电话：（020）87133824
出 版 人	吴 江
经 销	广东新华发行集团股份有限公司
印 刷	佛山市浩文彩色印刷有限公司（佛山市南海区狮山科技工业园A区）
规 格	889毫米×1194毫米 1/32 印张6.625 字数130千
版 次	2015年8月第1版 2015年8月第1次印刷
书 号	ISBN 978-7-5543-0211-8 / I·227
定 价	32.00元

可能与认知

——代序《创作性批评》

从纯粹意义上，创作性批评是混沌诗学的全称与冲击力或颠覆性所在。混沌诗学，或创作性批评，是意态化的作品，也是我的尝试性作品；我不想说它『有一天会闪耀』。因为一切可能，都是传统的构成，也都属非个人化成功。光为什么在渗透性涌动？因为创作性批评，意在传统与未来、简单与复杂、人与诗歌之间，渗透两个关键词：意态混沌与光裸意识。意态混沌不仅仅是原初性的召唤与穿透，更是诗性感恩或诗性精神的图腾；光裸意识却是一种抵达方式或可能认知。

作者2015年5月12日于永安约

内容简介

刘子乐最新著作《创作性批评》，率先提出混沌诗学这一概念，同时以『创作性批评』为核心诗学主张，极富新锐冲击力与颠覆性的批评理念与创作方式，并围绕本能—混沌—光裸—感恩—图腾展开，意态召唤创作性批评的践行或尝试。书中为读者提供三种可能或选择：光裸写作、意态写作、反脆弱写作。这三种写作将给诗性精神注入新的血液与立面式认知。

目录 Contents

第一集　意态与本能

第二集　意态与混沌

第三集　意态与光裸

目 录

5

第四集　意态与感恩

跋

1

Yitai Yu Benneng

第一集

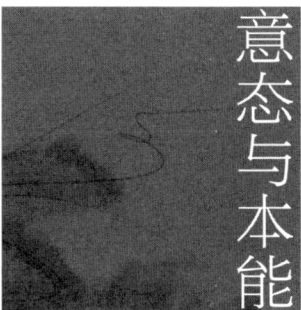

意态与本能

批判诗歌

创造仿若永恒的陷阱

偶尔的胜利，写出一首好诗

作为一种失败的弥补

而本能或创造，却乐此不疲

要把永恒的陷阱荡平？

偶尔的胜利，使失败陷得更深

2015年5月4日于永安约

寂静或喧嚣

谁死于喧嚣

谁就得不到照料

死于不那么喧嚣

寂静仍要

睡饱死亡的觉

2015年4月13日于永安约

死亡party

把白事办成死亡party

狮子是黑的，舞吧

白事是白的，节哀吧

该呼吸的呼吸，该停止的停止

酒暗色的旋律审美几许

party意义了生存本身

而死亡的party是红的

2015年4月10日于永安约

写作三题

1. 偏离便是到彼岸

海的卧榻。沉船在侧

死亡的睡姿，锚未抛下

而可燃冰，收敛深蓝的激情

温度和压力，偏离便是到彼岸

2. 捞出来才闪耀

偏离便是到彼岸。这鬼地方
对故土来说，偏离就是他乡
对他乡来说，偏离就是还乡
去大海捞针，捞出来才闪耀

注：大海捞针句，既是对这个成语的反向解读，也是受到东荡子诗学意义上的启发。

3. 结绳如造句

捞出来才闪耀。
正如意义的寻找
有时像一根针细小
诗必须准确如闪电；
只因人的天真
结绳如造句。

2014年11月于永安约

陶质的诗歌

陶质的诗歌。注入
　　火的元素，易碎
是它的本能；而泥土般的文字
被永远地耕耘，肥沃也变得有病

2014年11月于永安约

当下在哪

智慧的诗人，只抓住当下
当下在哪，都是永恒的家
当下若回首，未来已出发
当下若出发，过去已到家

2014年11月于永安约

答友七篇

（一）

郑郑：

通向诗歌路径还有多远？

河马：

诗在哪，人在哪。

所谓路径，正如寓言。

2014年10月25日于永安约

（二）

张绍民：你的《只为年的显现》一诗，写到了"年"。在中国文化中它是一种怪物，是汉语人对岁月恐惧的表现。而战胜岁月（恐惧），便是战胜生存的艰难。诗歌中不一定这样，但中国文化是一种非常弱的文化。

河马：传说中的"年"与四季循环的"年"不一样。自然的时间与文化的时间，在"年"的显现中，涵括凋零与绽放，抵抗与死亡。一切悖反，制造了生存审美困境。

格局如此，神的伟大人的渺小，只能在"光裸"中获救。
而诗歌形象或诗歌观念，光裸便如神的恩典。

2014年11月8日于永安约

（三）

世宾："异乡的故土"怎么理解？

河马：在我的构思或想象中，"异乡的故土"既是我的混沌，也是我的情人。所谓异质性趋近合一。

张绍民：把"异乡"与"故土"这两个相反的关键词糅合在一起，本身就很有意义。

雪克：此诗从题为"情人"到跃为"异乡的故土"，不是所有人都能这样催化，有自己的风格，神性。

河马：我自己倒没觉得。神性只是诗性与人性的化合而已。神性写作于我并非刻意为之。

2014年11月9日于永安约

（四）

郑郑：好诗！一首《异乡的故土》，道出我心中块垒。

河马：谢谢！有感而发而已，或许是混沌诗学初试啼声。

郑郑：你的《超意象》组诗，无疑开启了"河马意象"。而《最后的歌》等作品，更令人意外。河马兄，按自己的方式写下去，必有所成。祝贺！

河马：谢谢你。除了绍民，还有你懂我的创作用心。真高兴，德宏你有如是悟性。共同努力，只为自己。

2014年11月18日于永安约

（五）

绍民，上次你提到"年"在中国文化中的形象诉求，代表一种弱势文化。关于这一点，我并不是很赞同。虽然"年"在西方语境中，极尽诗意的高蹈。不妨举例说明。荷尔德林仿佛"年"的代言人。他有一名言："年的显现伴随着它的时间"。此句给我的震撼，不亚于平地一声春雷，或是一道锐利的闪电划过我的视网膜。心灵的感应，那么持久，一言难尽。荷尔德林悟到"年"，确实纯粹得透明，也很形而上。另一德语诗人特拉克尔，也常常写到："年中的日子"。可以想象，西方语境下，时间意识显得那么绵延和悠长，"年"在进入，只因它饱含乡愁意识，颇具世界性意义。反观中国的"年"，文化语境不一定就很弱势。

　　抛开民间传说不说，汉语人总把时间作空间化处理。仿佛老树抽新枝，自有生命的位置或轮回，时间价值可双重置换。我从《只为年的显现》到《当下在哪》这两首诗，有所呼应。"当下"既是时间概念，同时也是空间概念。它不仅仅联结过去、未来和现在这三个时间要素，并想象为"永恒的家"。如此"家天下"的"家"，就把名词动词化，况且时间意识与空间意识高度整合。混沌诗学就这样大巧若拙，仿佛是无。绍民你以为呢？活在"年"中，或在"家"中，殊途同归呀。

2014年11月19日 于永安约

（六）

郑郑：《花的腰在哪飘》一诗，全篇一个"妖"字，亮瞎了眼。建议全诗缩成三行，从第一行"惹急"至"或是"删去，保留第一行前面部分和最后两行。

河马：感谢郑郑有声，你颇有见地。

附诗一：

花的腰在哪飘〔原稿〕

花的腰在哪飘？惹急
二三月梅花从化那边的
摇　确实很漂亮的腰
据说广州新的地标或是
小蛮腰　那塔那么高
看不上城外二三月的妖

附诗二：

花的腰在哪飘（修改稿）

花的腰在哪飘？

小蛮腰　那塔那么高

看不上城外二三月的妖

2014年11月21日于永安约

（七）

三水散人：看你的诗怎么让人痛呢，不能说点简单的吗？《明天的光芒》这首诗，晕，仿佛都是谜语，写的是卵石的人生？

河马：谜也好，痛也罢，只是意象的表面；写诗，就是去蔽，或挖人生的矿呀。至于卵石的隐喻，也可能是人的命运。

三水散人：《最后的歌》这首诗，仿佛是意识流。

河马：眼尖呵，散人。意识流朝向意态混沌。

2014年11月22日于永安约

异乡的故土

异乡的故土。情人呀
它的唇，不仅收藏夜露
更把水中的火召集
火焰和花瓣分不清
噢，情人或是天使
来自异乡的故土
竟不知情为何物
只在我的血液中注入
陌生　仿若意态混沌

2014年11月于永安约

只为年的显现

何其缓慢，实则突然。
时间在内燃，我的忏悔

苍白如泪，不知光裸是谁？
而诗的形象，只为年的显现

2014年11月于永安约

为什么写诗

为什么写诗？因为痛苦。
痛苦使我影子坠入漏斗状的
现实，把地狱之火擦得更亮；
这一切多么相似，墨哭湿我泪。

2014年11月于永安约

感恩或歌唱

有时，一人一个时代

有时，一人一个时代
感恩诗人，他的抱负

"把天堂图书馆搬到地上"
最好的馆藏，该不是想象？

种子在光裸中跑步

谁的《神歌》，皇皇350万字
赫赫350万字，规模如此
每个字，每行诗，神也乐意帮助
种子在光裸中跑步，仿若移植之歌

上帝的愤怒

当初亚当和夏娃
在智慧树下，把蛇
当阉瞎抓，上帝的愤怒
像"闪电不可修改"

注：诗人、诗评家张绍民，开启了一个巨诗时代。

2014年11月于永安约

自由或想象

自由的鸟
　栖落时
　向睡觉撒娇
先撒一泡尿？

想象或被想象
　自由的尿
从下水道逃跑
也不做肥料？

2014年11月14日于永安约

网上酬唱

河马：我写了《异乡的故土》一诗给你。希望你"易数为人，易志为诗"。

2014年11月于永安约

附诗：

异乡的故土

河马

异乡的故土。情人呀
它的唇，不仅收藏夜露
更把水中的火召集
火焰和花瓣分不清
噢，情人或是天使
来自异乡的故土
竟不知情为何物
只在我的血液中注入
陌生　仿若意态混沌

易数："异乡的故土"，加之"情本体"的追问，也只是"意态混沌"而已。给你写了《我的诗人，你道远呀》一诗。

2014年11月于普宁

附诗：

我的诗人，你道远呀

易　数

生命弯曲如弓
保持洞穿的姿势
只为狩猎太阳
浮的歌与黑的光
与你无缘
诗人啊！请保重。
你期待的歌
在天地深处
你深陷黑暗
却把光明窥探
虽然你以诗的名义
收藏这个世界
但世界不收藏你
我的诗人，你道远呀。

超意象

超意象诗歌，
主张无人称写作。
——河马

1

弱弱的问候
一觉醒来
意态已黄昏

2

海的眺望
沉淀
未知的
蓝

3

什么是空?
空就是本能
把本来面目认清

4

虽接地气
作品却不关痛痒?
往深处想
流浪的树根
还要延续
更深的黑暗。

5

洞穴只是
蚂蚁的
黑暗;

穿

越

了

光，美才最后出现。

6

超过

就像跳高

跳过去

高度就在那里

跳不过去

发呆

便是标准表情

请继续

意态也可以

向深处

像钉子

从不改变

前进的意志

7

超意象。

深现实。

无人称。

如是我闻

关注意态混沌

原初盛大如动词

注：超意象诗歌的提出，受到诗人杨炼无人称写作诗学意义上的启发。

2014年11月14—15日于永安约

岁末感言

甲午之年，既是我的写作年，也是我的丰收年。这要感谢两个人。一个已辞世，一个未谋面。辞世的是诗人东荡子。未谋面的是散文网海虹。诗人的死，使我语感激活，一年来灵感如日出。而年轻的作家海虹，她的愿望其实很简单——让我这匹河马"停止潜水"，"继续发表文章"。出于对一个人文字的喜欢，这点要求很不简单。两个人，两个偶然。决定我从夏到冬，笔耕不断。"甲午之年，于我如涅槃。"预感，到了岁末已实现。在《片语·十六》中，我曾提出"减法生活"理念。写作也一样。惜墨，毕竟是惜福的表现。在汉语标点符号中，只有省略号不常用到。而这个精灵，仿佛在思想的林子睡着了。殊不知，省略号才是"言有尽而意无穷"。况且如今感叹号、惊叹号又如此泛滥。怎能把它遗忘？省略号其实代表"减法写作"。有时，一泡尿都被整成一条大江大河！这就很不环保。像太阳，之所以每天都是新的，只因不发光，就难过。甲午岁末，于我仿佛一个新的起点。同时也是一终点。再次感谢两个人，两个决定性的偶然。

2014年11月16日于永安约

仿真如磷

骨质的嘌呤，或已
匿迹，在老火汤底

致命的，屁的抒情

是酸的，仿真如磷

2014年11月18日 于永安约

最后的歌

最后的歌。沉入

湖底，或在世界的

家庭。文火足够耐心

煎熬三小时。锅底没有

异乡的呻吟，那骨质的变形

2014年11月18日 于永安约

诗与哲

哲人说，我飞

无立场就是鸟的高度

突破先入为主

眼界和格局

像意识流

哲学就是诗

诗人说，我飞

无人称就是自我的全称

自我只能

敞开

像大海

岸在

被拍或摔

就是浪的存在

2014年11月19日于永安约

北瓜可能吗

世上有南瓜、西瓜、冬（谐音字）瓜；

也有呆瓜、傻瓜、笨瓜，就是没有北瓜。

从生活出发，瓜的问题本来也不难解答。

瓜之根系，有地产的，也有人产的。

地产的，带着泥土气，进入胃里；

人产的，带着窝囊气，进入歧视。

可干吗偏偏就剥夺北瓜容身之地？

从自然环境看，北方属于苦寒之地，

缺乏光照和雨水，瓜是不合时宜的；

从历史看，北方属于威权文化集散地，

瓜这种口头俗语，很难进入书面语体系。

更别说装点威权文化的门面。如此这般，

即便北方有瓜，也无呆瓜、傻瓜、笨瓜。

天子脚下，皇恩浩荡呀，哪有不堪笑话？

出于典雅考虑，丢了命名权，北瓜可能吗？

2014年11月19日于永安约

芒果或象征

光芒涌入内核
应季的水果
就叫芒果
到了心中有光涌出
原初才挂果

2015年4月于永安约

明天的光芒

盲就趁黑摸入
两团卵石的流浪
仿若章鱼的预言
握在手上
明天的光芒
将在变暗中破产

2014年11月20日于永安约

空的体验

绝对之间，
间是无间，
而道在其间；

顿渐之间，
间是时间，
而悟在其间；

空的体验。
无的镜像。

2014年11月21日于永安约

诗人呵，玩就是突破

与诗一奶同袍，命名是混血的。
人和诗，是本体意义上的事情？
父亲若是混沌？母亲该不是光裸？
诗的血缘，为什么堕入某种时态
受困于二手的宿命？能突围的
只能是陶质的魂？或是象形的火
混沌说，诗和人
"既生瑜，何生亮"
光裸说，起火了
"烟扫过，最后才看到
橄榄枝不得已的笑"
在赤壁，火攻是曹诗的滑铁卢？
大江毕竟走远了，还有一江春水
起舞了，伴奏是雾的轻歌。
混沌和光裸异口同声，美是什么
羊大为美，火攻就是摇祭的漩涡
诗人呵，玩就是突破？

2014年11月22日于永安约

2

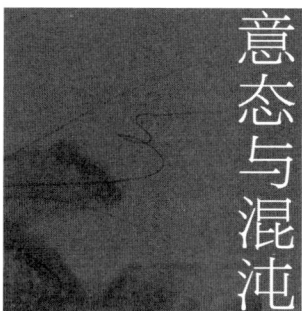

第二集

意态与混沌

光裸写作诠释

从词源学看，光裸这个词，仿佛不曾存在。翻遍汉语工具书，只有赤裸和赤裸裸两词。

赤裸，一般指身体裸露，作动词；赤裸裸，形容光着身子，或毫无遮盖掩饰，作形容词。

光裸，也许只存在于想象，要么是新造的词。作为一个新造的词，光裸如何界定或诠释？最直观的意象，就是佛像。倘使佛像发光，祥光一片，仿若菩萨心肠，都是救苦救难。在此意义上，感恩本身也是光裸的一部分。可见这里的光裸，作名词或动词，均可。

就是指内生性的光源具足。而且内生的光源，抵近原初。人也一样。一颗光裸的心，一片透明，仿若光在造型，魂在歌唱。这才是"光和裸"的全部真谛，像日月的心。

人和诗，进入光裸的语境，就是意态人或意态诗。因为光裸，正如混沌，它们本就是孪生兄弟，或是恩爱夫妻。之所以提倡光裸写作，只为抵近本真或本能。舍此，混沌诗学如何建立？

2014年11月23日于永安约

把一条孤独磨损

一条孤独，可能太抽象

一条扁担，表述就很明确

一条扁担为什么孤独呢

两头重量，不能逼它折腰

在我看来，两头重量就像两团岁月

都要放在肩上，把一条孤独磨损

2015年4月24—25日于永安约

我与散文网一段情

2011年，那时我还不懂打字。

当年春节前夕，本来我想把

以前的作品放到天涯社区。

因为据说，它比较专业。

我的女儿却自作主张，

帮我在散文网开户存款。

就这样与散文网结了缘。

虽误打误撞，我也认了。

三年来，我以前的空间，

被锁住，只有十页打得开。

今年，我又重新开始十页的

预算与预存。至今还没有满。

此间，不少朋友点赞，也有

一些批评。这都是利息吧。

主要怕河马走火入魔云云。

谢谢这么多关心与担惊受怕。

我只是一个普通的作者。写作

也只是一种交流与分享而已。

让我失望的是，当下不少作者，

对待汉语文字那种网络化的态度。

网络化的写作，只能找盛大，签个约。

一天6000字，人像机器，最后被自己榨干。

事实上，写作又私密又透明。态度决定一切。

之所以提倡光裸写作，也不乏这层顾虑吧。

噢人老多情，难免说一些不合时宜的事情。

我只希望，有良知有理想的作者，茁壮成长。

谢谢散文网，谢谢可爱的、天真的80、90后。

2014年11月23日草于永安约

黑暗对话

（一）

河马：当下的腐败，概括起来有四化的倾向：利益集团化、部门化、市场化、人性化。第四个化，是我提出并格外关注的。儒家的表述是人心惟危、道心惟微。人类精神的黑暗，往往是人性问题。人性出了问题，腐败就有心理依据。最后的精神净土，无非学术与教育。倘若人性腐败与学术腐败联袂而来，便是人类双重黑暗的降临。可以说，学术性腐败与人性化腐败，是根本性的腐败，也就是当下最大的悲哀。

老纪：这不是当下的悲哀，而是制度性悲哀，也是社会的悲哀。

河马：社会的腐败是显明的，人性化腐败是隐形的。或者说是柔性的。当下的悲哀，与每个人息息相关。

老纪：读诗吗？有怎样的体制，就有怎样的风化。

河马：有点愤青味。心态好啊。年轻态？

老纪：老了，现在脾气不好，一看到自低人格而献媚的，就感到恶心、愤怒，要骂人。

河马：为消除一种黑暗，陷入另一种黑暗，好吗？

老纪：作为一个文化人，我已忘记了"四书五经"、脱离了诗哲圣问，这还有救吗？

河马：是啊，腐败当前走向自己的反面，更要内心的卓然。兄弟保重。保重。

2014年11月25日于永安约

（二）

河马：中国有过美好时代。远古的黑雨，虽曾发过淫威，但治乱之间，更多的时间，还是保持生态和谐，并以天下为视域。当然，后来进入绝对威权与家天下陷阱。西方科学至上，刚好与中国观念相反。"家天下"与"天下家"就这样对抗。中国人总盯着自己的脚下，家庭首位，乃至滋生"父母在，不远游"的古训。而西方人出于征服的理性自觉，至少把家作为自由的堡垒，而非纯情概念。天下之大，冒险结果，便有世界情怀。

德音：那个时代回不去了。如今腐败是世界性问题。包括中国的腐败。咋办？

河马：自心作佛，人就是佛；自心作鬼，人就是鬼。

至于腐败，行为心理与文化虚无不无内在关联。可见这个时代，囿于利益关怀。缺乏人文关怀的时代，耻感意识也无从谈起。无耻之尤，表示人本身如何活的理由。这才像鲁迅解读红楼时提到的"悲凉之雾"弥漫。

德音：关键是当下的选择。最好的选择，就是你提倡的"光裸写作"。光裸，是反制黑暗与黑暗心理最好的武器，即便它是仿真想象。

2014年11月25日于永安约

（三）

德音：你指出的人性化腐败，是否可理解为精神黑暗或心理腐败？

河马：旨趣昭昭，天地为鉴。

德音：精神黑暗或心理腐败怎么消除？你写过《环保祈愿文》，为什么？

河马：圣严法师曾在台湾乃至全球倡导心灵环保。他的环保理念包括三个层面：心灵环保、生活礼仪环保、大自然环境保护。我曾把礼仪环保转换为生活环保，把大自然环境保护转换为生态环保，并提出一个新的概念社会环保，从而构成四大环保。缘何冒昧完善法师的环保体系？全球化愈演愈烈，绝对单个的存在序列，几乎不再成立。结合中国的现状与未来走向，环保概念更是人与人、人与生活、人与自然、人与社会的风向标。比如当下的汉语人，动不动就发脾气，甚至吵架、打架、绑架，如此社会戾气无外乎心理折射，也暴露了各自的生存困境与个性挫折。当务之急，便是从源头做起，清理内心的废气与垃圾，使全称的自我干净与光明。这就需要良知与理性，人文与科学的参与，也需要理想倾向的努力。混沌诗学涵盖了光裸与图腾，也许对此有所隐喻或助力。

德音：是的，混沌诗学，本就是宇宙情怀与世界情怀的仿真或表现。加之四大环保概念的对接与呼应，更让人受启发。在《环保祈愿文》中，你为什么用"勃起"一词来表述？

河马：贪、嗔、痴、怨，构成人性的四大负面因素。而贪与腐败最亲近，也可以说是抽象伴侣。精神黑暗或心理腐败，往往就从一个小小贪念，埋伏一系列后续的惊险与变形。具体的当事人，可能出事后仍不明白，依然觉得委屈或无辜。这就是人性本身的问题。在此意义上，理想的正向图腾，光裸的召唤方式，本真的意态混沌，无疑构成宇宙正能量的传递，像闪电穿透腐败的裙带，击碎一切假面具或坏血统。新的自然，就在生存与安息、简单与复杂、人文与生态之间。所有欲望，它不随便勃起，即便勃起，也要环保式的。混沌诗学不乏建设性吧。

2014年11月26日于永安约

附诗：

环保祈愿文

我愿，心灵环保，

让我看到情怀不老；

我愿，生活环保，

让我看到健康不老；

我愿，生态环保，

让我看到地球不老；

我愿，社会环保，

让我看到希望不老。

祈求时光，抚平创伤，

地球壁上，美轮美奂。

尤其祈愿，浊世强敌，

私心自利，不再勃起！

当此立誓，吸氧养生，

地球母亲，不再哭泣！

2012—2014年于永安约

（四）

德音：腐败与黑暗两词，在你的语境中，仿佛是对等的，或者可以置换？

河马：你指出这一点很好，也很重要。一般情况下，腐败就是黑暗形式最集中的表现。黑暗是它的代言。

德音：这关你的混沌诗学或光裸写作什么事？

河马：虽说混沌诗学或光裸写作是文学性建筑，但终极指向仍是个体或人类的自我救赎。对此，神恐怕也难帮助，关键还靠人自己。因此，光裸的可怕之处，就在于透明或纯粹。不以环保为乐事，都是玩弄文字。地球只有一个，当语言的屋檐再也不能为全称的人遮风挡雨，人的处境或命运，要多悲惨有多悲惨，也只能在虚拟中满足。由此观之，腐败是黑暗中的黑暗或词根。

德音：是否危言耸听？或是关键抉择？

河马：人心如此黑暗，让腐败在光裸中无所遁形。我在《我并不否定》一诗中，曾写道："什么样的生活，值得我写作？什么样的写作，值得我生活？"这就是自我全称的困惑，也是当下召唤的环保写作。

2014年11月26日于永安约

最后的互动
——散文网对话

三水散人：来了，你的《黑暗对话》写得很好，很理想。

河马：理想是诗歌存在的理由。黑暗或腐败是写作内驱。河马已感疲倦，需要休息。有时，沉默也是有意味的。欧洲章鱼的预言，握在虚无手上？

三水散人：作品值得一读，越来越通俗了。推！

河马：当你发现了光明，你会对万物心存感激。

三水散人：估计我的文章，你都不值得一看吧，都是我来看你。

河马：未来两年的时间，我将交给苏曼殊，一个伟大光裸者？你的点评方式，对散文网年轻的作者，应是一种福音。

三水散人：什么意思？谢谢鼓励。我喜欢你哲理性的东西，我一直在思考，我思考的是由深到浅，然后用浅的东西去阐释深的东西，这样大家能够轻松地接受。你说的太深，没人看的，思想是用来交流，能得到大家的交流，实际上是对自己认知的反馈判断。说这个，不是一句话能说明白的，可以系统，但还是模糊。

河马：只为自己写作，才是成熟的标志。至于有多少人看得懂，这不是作者应该操心的问题。时间，只有时间，才是存在的准则。写作仿若飞蛾扑火，一直还是有那么多火舞者。"有一天会闪耀"。这就是存在者的召唤。谢谢。

2014年11月28日 于永安约

思和念

前轮是思
后轮是念
往返不停的路面
终点，驱动了天下

2014年12月1日于永安约

2015年4月25日改于永安约

禅意象

1

一只青蛙扑通跳入
水中，寂静突然出现
蛙的抽象仿若声音

2

在水中

是空

看到本体的倒影

2014年11月25日于永安约

腐败已把诗歌包括

大笨钟咚咚咚，三点钟方向

诗歌被谋杀（仿若消防预案）

背景不是伦敦下午茶，狗没尾巴

也非巴黎倾斜的铁塔，世界没办法

翻译过来，象形的塔拆开就是土和答

诗歌在三点钟方向被谋杀，凶手在哪？

土请回答：

"朴素如我，任由践踏，塔还弯下来亲我"

答请回答：

"答什么答？欲望氧化，根还挺拔"

雾中伦敦大笨钟很勇敢，咚咚咚，三点钟方向
三点钟只是敲响预案：
"谋杀不成立。但腐败已把诗歌包括"

2014年12月2日 于永安约

深奥的简洁

简单是简单的，透明
是它的感恩形式，正如
手洗或机洗的问题，倾向
选择，透明就是复杂的诱因

复杂是复杂的，深奥
是它的存在方式，正如
片段未必是片段，组合或
撩拨，深奥的简洁隐藏复杂

2014年12月5日 于永安约

创造的密码

无人称的诗

并非一坨词性的屎，也不是

母鸡或鼻涕

可能是一种思维

一种忏悔

倘若诗人想孵的

是词性的真理，神就乐意

2014年12月5日于永安约

腐败或诅咒

"你想创造一个诗歌天堂

让神乐意是不是？"

知河马者，郑郑有声

河马并不知道，失乐园的人

受腐败的诅咒，已不需要诗歌

或者说，全称的光裸

已不由神掌握，天堂在哪
丑陋和善良又如何构筑

2014年12月5日于永安约

混沌啊，光和裸吧

结绳可以记事
算卦可以避恶
远古就有的，数
和象，制作了易
和不易的律令？
一根筷子，让灵魂摆渡
岸就是算计；一片龟甲
可以刻字，象形就是裂痕
那条记事的绳子，欲断不断
就是永恒？混沌啊，光裸吧
数还很抽象？它已不是筷子
象却是无量。就像3D打印？
什么都可以，意态金属仿若

温泉凝脂，3D打印也可以

长安一片月，万户甩衣声

白色话语，非甩干唐诗表情？

混沌啊，图腾或感恩，光和裸吧

2014年12月6日于永安约

极致从走火

极致从走火，入魔抄捷径

庄子说，水中本有火

正如水的坚硬

穿透就是诗

2014年12月8—9日于永安约

附：

1. 诗人雪克点评：

    河马思维，有层神秘的光。

2. 文化人老纪点评：

    极致从走火，入魔就风口。

滴水穿石处，火星四溅时。

那惊天鬼艳，让时光凝固，叫世人失言。

如幻如画？不，那是一块被流水击穿的石头，

她的名字叫极致。

3. 河马回应老纪：

那滴在时间中，滴穿石头（象征存在）的水，

才最坚硬，也最极致，仿佛是火。

无题

当下劣质诗圈弥漫

狭小而暴力的倾向

——题记

东荡子死了

大海的宽广

诗歌的情怀

也被埋葬？

怀念诗人

怀念诗人死了
活着的人为什么
活成一个人血馒头

2014年12月14日于永安约

纯阳的废墟

无性的年龄
晨勃
称之为童贞
或自然的反应
懂性的年龄
晨勃，就是
一个人的日出
"我操"制造了
纯阳的废墟

2015年1月29日于永安约

酒

酒的国度

姓酵

不管高度

或低度

只有你

是我的泡沫

或是酵母

.2015年2月3日于永安约

波德莱尔

一朵病态的恶之花

被插在巴黎的心脏幻化

腐烂的，恶臭的，名牌香水

也敌不过它，只因波德莱尔

不想待在一片象征的林子，欢呼

巴黎裹尸布般的谎话，那就是奢华

2015年5月4日于永安约

林徽因

编贝般的牙齿
用她的唇咬住
洁白如浪花的诗歌

2015年2月27日 于永安约

王国维

认识叔本华
未名湖畔
影如蛙
死亡
本就隔离了他

2015年2月3日 于永安约

弹性

等到饭菜凉了
屁也要热的
等到困了
就随地倒下
等到饿了
空又把胃挤压
屁却是酸的

2015年2月于永安约

待客

坐
请坐
请上座
如如自坐

2015年2月13日于永安约

光裸的命运

有一种混沌
叫做情人
光裸的命运
正如原初的吻

2015年2月14日于永安约

埋葬

我的黑暗丰富夜的灼伤
仿若黑啤灼伤鸡蛋清
哎呀！我的灼伤
加固夜的埋葬

2015年2月14日于永安约

真理或禁忌

混沌者从不相信
片羽吉光的
抒情
或把水的委屈
倾听
只因光裸
熟悉内部的真理或禁忌

2015年2月15日于永安约

仿真诗学

动手吧，诗人
用所谓的意态混沌
量化简单或复杂的形式
而用光裸把非诗的可能揭示

无论混沌或光裸

这新造的词

给出想象的尺寸

把极致的建筑仿真

2015年2月15日于永安约

鸟有鸟道

鸟有鸟道

浪却浪险

只要我的翅

像意淫的水湿了

我就瓜分天空

我的翅若是出卖我

天空的道路便只有坠落

无浪表示我遭遇水的阉割

天空的凝固就是痛苦的形式

2015年2月17日晨于永安约

注：感谢易数激发我用潮汕话实验杨炼倡导的方言诗。

诗的嫁衣

诗的好时代已过去
诗的未来性也被透支
指不定一本好诗集
要靠花钱买来作品
好诗它待在闺阁
重要的是嫁衣
被发现朴素就是

2015年2月17日于永安约

梵

人呵虽精瘦
让血的节奏
拨动
无知或宇宙

2015年2月17日于永安约

渭水

水做的人生不痛苦

因为岸边的财富

那垂直的守护

还没有流失

至于封神

仍是饵

2015年3月26日于永安约

过节

一个人不想过

节的红火

有没有想过

去异国他乡

制造自己

旷的孤独

2015年2月18—19日于永安约

她世界

她字
拆开就是
女也
大地为坤
坤拆开就是
土申
财富和男人
非烟即尘
女也土申
该不是她世界
感恩或图腾

2015年2月20日于永安约

本质或循环

水硬吗

抽刀可断

水不硬吗

空气般柔软

水之循环

使空气被砍

疤又在哪

本质或循环更欢

2015年2月19日于永安约

附记：

大年初一，我为此诗一点点日常性的发现而高兴。

倘若为神写作，自由就是。因为存在正如水的循环。

混沌或仿真

混沌，形式至少有三种。

第一种是传说中的混沌。

第二种是科学中的混沌。

第三种是诗学意义上的混沌。

这里的混沌，显然是第三种。

诗学上的混沌，包括了模糊、

不确定、多义性等意涵，本能

拒绝标准或统一性等本质规定。

"生于混沌，死于标准"的选择，

表达了混沌诗学对现代或后现代

的抒情免疫与诗意反抗。换言之，

死亡或抒情，标准或弹性，预示

混沌诗学与光裸写作一体之两面。

诗学的混沌，仿真了原初性的吻。

2015年2月22日于永安约

反思图腾

狼图腾，在地上；
龙图腾，在天上或人间。
惜乎，龙的传人不愿面对。
狼图腾代表野性或异乡，
内在的故乡可曾被亲近。
龙图腾代表自由与恶的结合，
天人感觉是否循环异乡血液。
是野性的呼唤作异乡代言？
是陶醉于故乡发雷霆之怒？
哪种图腾，让黑雨如咒语？

2015年2月23日于永安约

禅或本能

雨天的日子
听从本能
便要雨来听声

倘若没听到什么

润的本能就是混沌

2015年2月25日于永安约

啊人性

人性不姓人，也不姓性

究竟人性会不会涅槃

佛说，人性凋零

一切皆缘起

若归零

姓无

啊人性

姓无充满不确定

涅槃或混沌哪种可能

2015年2月27日于永安约

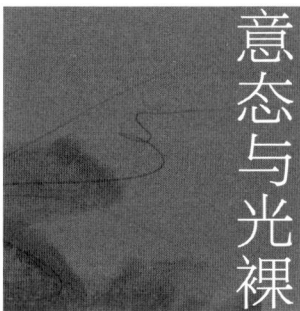

3

Yitai Yu Guangluo

第三集

意态与光裸

意态还乡

1

像鸟

穿透异乡

天使般的伤痕

划出闪耀的距离

2

比鸟更亲

我的混沌

但宇宙的心

瞬时

闪耀颤音

3

写在水上的诗句

绝对是诗经的图腾

比如意态火与意态冰

独立就像阴阳鱼

睡在一起就是太极

2015年3月7日于永安约

4

本能一声惨叫"啊"

生命的元音，哭吧

任何新生儿，带着哭声

上路，伴着哭声倒下

虽生死同步，这途中之耕

声音就是图腾

2015年3月9日于永安约

5

虽握手已远

乡愁之间

只隔人文血缘

而故乡异乡

拥抱瞬间

大同已在血液中循环

6

一个人的寂寞

空就是应酬

一个人的应酬

空就是忙碌

一个人的原初

空就是光裸

2015年3月10日 于永安约

7

回乡，就是回到生命的原点。
这原点就像一个圆，在人性
乃至人文中扩张。而他乡在
路上，夜里有太阳，昼白了
意向月亮。想象日月经天，
如路朝向一个人的天堂。这
就是根的语言，神的意向。
虽看不见，却碰撞出声响。
而更多的移动或偏离，仍在
路上，往返超不出神的手掌。

2015年3月11日于永安约

普宁英歌

节日或闲时
梁山英雄的故事
由我乡里人

跳出节奏和形象

节日或闲时
唱英歌的槌在敲击
仿若意态金属
把英雄的梦夯实或敲碎

2015年2—4月于永安约

注：10年前，雪克、俊良曾联手勘定："北有安塞腰鼓，南有普宁英歌。"

致礼孩

诗人行动家
吃着星光或晚霞
诗人在行动
词如大海的门牙
大海飞到哪
都是诗人或童话

2015年3月18日于永安约

救和赎

给我找一个神，神适合我吗
做我的主吧，许我新的人生
我的肉身，十字架没有烙痕
救和赎，并不是意态的全部

2015年3月17日于永安约

马匹或周期

真理的路径
不乏勇敢的马匹，或周期
有什么能力
让一路撒欢的蹄印
像声音，打湿透明的记忆

2015年3月18日于永安约

巨大的内存

——代序《神歌之歌》

张绍民的《神歌之歌》意在承接但丁、弥尔顿、屈原等诗歌巨子，从而在这个神性序列中获得一席位。作为认识不久尚不是很了解的朋友（去年在东荡子遗体告别仪式上才认识），我佩服他的气魄和努力。巨诗煌煌赫赫，竟达350万字，一般读者很难有时间和耐心读完。而作为混沌诗学的倡导者，我本人又被其巨大的内存所吸引，自不量力便拟摘编出100首独立的歌，组合成精华版神歌。我并不忌讳提炼加工，或做二次创作。因为诗歌是全球诗人"唯一的母语"。况且此巨诗作者对劣质诗歌和劣质诗人那么不当回事，这也与我的腐败诗学（混沌诗学反面说法）不谋而合。如此机缘巧合，叫我如何不想它！鉴于神歌大体为散文体，我做了最大的努力进行创造性尝试，才以目前摘编加点评方式出现。感恩诗歌，感恩时代，成全我的混沌或光裸，也成全我和绍民的合作。神歌属于圣经文学系统，或可称之为圣经的续集。感谢绍民，允许我用自己的方式，摘编36首歌中之歌。

2014年12月19日于永安约

神歌之歌（张绍民原著、刘子乐摘编）

一、春运之歌

一年就瘦成一张车票

回家的泪水流出两行铁轨

铁轨或担架，都回家呀

我和你都是一根草

草一着急，悬崖也踢倒

大地也跟着叫唤

这些草挤出的汗水养活谁

自己的骨肉留守儿童喝不到

草靠鼓励，一根草就把坎坷踩平了

草的压力，一根草就把大地踩平了

草一喊叫，一根草就把大地提高

河马点评：

绍民的《神歌之歌》皇皇350万字。

堪称神人性绝对统一的巨著。

河马有幸得睹，说不出的感恩。

兹将陆续摘录，点评以附丽。

这首春运之歌，让我震撼的是

一根草就写尽了农民兄弟进城

打工的命运。两行铁轨像担架

一样，一边呼啸真理的密码，

一边呼啸春运本身中国式的生命

之氢。摘这个片断时，我恍惚看

见黑压压美好而悲凉的草根人身姿。

春运之歌启示：感恩吧，诗才深刻。

2014年12月7日于永安约

二、小草之歌

没有泥土的世界。草的

根，在寻找自己的根

要与根对接，但大地

被毁败，小草燃烧光线

走遍大地，要生下自己的根

生下新的大地。一根小草

下蛋一样，生下新的天空

光线的出口，生下白云的子宫

天暗下来又怎样？每一根小草

都有天堂作为自由的入口……

河马点评：

小草神性的思维，或命运的安排

都是自由的肚脐，而根的流浪在

与恶的抗争中强化柔软的一面，

即使没有感性的根基，它也要全方位努力

荡平自己，从而在光的线条感中成长

谦卑，最后找到天堂作为自由的子宫

神圣的子宫人生最初的殿堂，象征小草

找到自己生命的入口与出口：完满。

2014年12月8日于永安约

三、陌生之歌

陌生的呼吸为闪电离去

挑选人类的诗人，为自由

写作，巨诗可以调动宇宙

的能力，让宇宙与生命体
在时代的缝隙，创造呼吸
　　就是用心写下这诗句
　写诗就是写心，巨大的内存
夹缝为两岸的岸，枯枝的夹缝
　作岸的骨头，闪电的鼻息
为岸为风，白骨积雪，香气淋漓
天空用闪电作肚脐，天空才成其大
汉字的枯枝，因为闪电，每一笔
都很肚脐，呼吸为闪电离去后命名
　浪游者为什么祈求？闪电啊
　闪电，求你呼吸均衡才离去

河马点评：

　　闪电就是神的意志，闪电也是
　　人和诗的距离；闪电还是天空
　　的肚脐，给诗歌以深入的呼吸
　　就为自由写作。而汉字的象形
　　被误译为枯枝，每一笔却又很
　　有诞生感，这就颇有反讽意义

闪电正与死亡之吻，合而一。

在此意义上，写诗就是写心。

　不懂写心，巨大的内存或是

宇宙的能力，如何调动入诗？

2014年12月9日于永安约

四、谎言帝之歌

　山顶之所以高，因为少有人去

　不像平地，那么被践踏，谎言地

　那谎言帝老人家寿比南山。人类

　被谎言帝架在十字架，这不是仪式

　山水被组织组织收编，山水心慌意乱

　山巅或闪电，显得更孤单，像上帝呼出

　光的乳名，一粒光的种子，不需要谎言帝

　挥霍，邪恶铺垫的高速路，到不了目的地

　从光返回光，从爱返回爱，从肉身返回寓言

　只有光裸召唤，谎言帝才被光的派出所荡平

河马点评：

　　这首《谎言帝之歌》很寓言，也很抽象。

　　虽难懂，然好诗经得起时间的淘洗。

　　因为深度在那里。深度如同山巅入定。

　　而谎言地一片黑暗，长不出光的种子。

　　谎言帝作为谎言地的统领，长不长胡子？

　　在它胡子的密林里，山水也被组织组织。

　　不是环保，更非忏悔，邪恶把一切垄断。

　　哪个组织作动词，行动的力量抵达极端？

　　世界就这样。谎言地的谎言帝怎么荡平？

　　这首诗留给读者足够的想象空间：派出所。

2014年12月10日于永安约

五、百家姓之歌

　　任何生命的不幸，就找百家姓

　　百家姓散落一地，什么都有的

　　就散落成落叶，腐败也在反光

　　没有故乡的字典。汉字的根长在刀上

没有长在泥土中，百家姓从刀口上拆开

房子从刀尖上开门，痛苦被出卖

日子从刀尖上跳舞成为秒针的独舞

秒钟吃什么？起床迟到挤车很养人

秒钟或许刀尖对准麦芒，喝高血压

把好酒舔遍，翻转百姓的哭喊是碱

百家姓字典：死于酸性，生于碱性

河马点评：

百家姓隐喻人性或血缘精神。

百家姓还隐喻汉语的根和命。

百家姓透出世代的泥土气息。

百家姓排练任何生命的不幸。

没有故乡的字典，你想查什么？

在刀尖上过日子，不是太平更是太平。

在麦芒上卖萌，屁股的营养早已施了肥。

在高血压的高压线上，贫或富都是死亡线。

诗性苍凉：存在又怎样翻遍百家姓这本字典。

2014年12月10日于永安约

六、女娲之歌

都说补天是女娲的功劳，是吗
天空的深喉，是伏羲吧
其实天空时常漏，水状的是雨
雾态的是什么？该不是水的歌
天空久违了是变脸，脸就像帽子
随便逮住一个伤心的人就给戴上
一根空心的筷子，何以言说？
补天的女娲，补的是女性之美
漏雨的屋顶，倘使不再哭泣
母性的光就闪耀。只有母亲在家
母亲就补天成功，一家人才幸福
天空的深喉就不发火，炊烟袅袅
炊烟从火焰里逃走，火焰就开始播种
天空将发芽，长大，为大地的辽阔

河马点评：

传说中的人母是女娲。伏羲呢
那时母系当家，补天这等大事

自然由女娲作主。问题是人母

仿若家庭主妇，为一家人补天

成功的标志，屋顶不漏雨，邪门

的是烟与火玩失踪，炊烟从火焰

逃跑，火焰播种象征繁衍与生息

诗性意义：人类补天，就是补课。

否则是罪与欠。这才是永恒女性。

2014年12月10日于永安约

七、山水之歌

谁装修时代，谁就不是好鸟

只有义人，在山水的怀抱被美喂饱

出于感恩，自然之子，就是生命的原初

把水堆在内心，冰就让水睡着了

一个残酷的山水，冷的动作或暗示

水就白骨累累，骷髅伟大的艺术

但山水是很想家的，还乡的念头

返回才存在，因为山水已不是山水

水开花的自由，如同浪花哈哈大笑

水花姓水，雪花却展翅飞，能飞到海吗

海虽博爱，也不会把雪花收留

水还是水，总有醒来的深刻或疼

山水之中，义人只求一个饭碗

作人生的舞台，疼已被饭碗啃光

河马点评：

诗人看待山水，像画家一样

从山水是山水，到山水不是

山水，最后又回到山水本身

那么谁破坏山水的审美形态

谁就不是义人，非自然之子

因为一个邪恶而残酷的世界

骷髅的艺术，制造不了审美

即使抽刀断水，神圣看不清

爱有谁看见，山乃水的骨质

水乃山的呼吸，或爱的围脖

大海的沉默仿佛更光裸，召

唤自然之子，只求一个山水

赐予的饭碗，低头才是人生

2014年12月11日于永安约

八、葡萄之歌

这不是诗剧。葡萄是果实

也是我的名字，我姓癌

我还有一个姐姐

她是木瓜，不姓癌，姓云

我正癌，双重绝望着工作

云木瓜云，你不是自己抗癌吗

我抗癌我正癌，仿若被吃了药

只因那么多人给我吃

比癌厉害的危险名词

我危险品了那么多

吃毒品了那么多

我为什么我

且吃且哭

活着或不活

都不是哈姆雷特的问题

我不是王子，不是复仇妹妹

有人吃不着我，在造谣

好心的谣，说我是酸的

不好心的，说我是癌的利益攸关者

云木瓜早已泣不成声，她也开口了

你说的是我，癌葡萄妹子呀

我和你，只不过换了一个名字

经历着相同的菜谱，人性的菜谱

为什么呢，都来自大大坏了的良心

倘使明天绝望了，被卖个好价钱

总还是地狱，找不到工作才好

河马点评：

不是诗剧，更胜诗剧。

诗来自最本质的人性。

剧来自最荒诞的植物。

葡萄和木瓜，姐妹代言

倘使心绝望了，那种荒凉

比吃癌还苦，还病态，还暧昧

人与植物，癌与名词，如此纠结

却又苟且，且苟且且，这不是命运么

当一切走向自己的反面，地狱就是良心

谁来为人类的明天买单，这单就是绝唱

2014年12月11日于永安约

九、你好之歌

你好不是你好吗的称呼
你好吗也不是体温之歌
你好，在早晨
问候一声，就是嫩嫩的日出
你好在黄昏，就让月亮起身
夜生活由它宣布——开始
内心寒冷时，就说你好吗
或者说，你好
这世上没什么大不了
你好是必然的
你好倘若亲一下远方
遥远的感觉就消失殆尽
冬暖夏凉，你好不变
体温就是你好的名字

河马点评：

你好这习焉不察的短句
居然隐藏思想语法几许

深现实的诗歌从不神秘
最妙的是体温成了命名

2014年12月11日于永安约

十、游子之歌

浪游者这称呼比较诗意
不像游子那么多顾忌
倘若高堂在上
就没走什么好运
脚被孝道绑定
游子偷着伤心
伤心就更想浪游
去找月光小巷
想象小路停泊
在野草的身上
歇脚时忏悔如脚印
仿真一条宇宙的牛绳
牵着那牛鼻子孝道
也牵着大地的顽皮
像乌龟爬上慢的真理

河马点评：

> 诗意在游子身上已荡然
>
> 正如唐诗把一代代哺育
>
> 但我们回不去，反哺呢
>
> 只能带着乡愁的戳快递
>
> 毕竟未来为现在而记忆
>
> 慢成了乌龟背上的真理

2014年12月11日于永安约

十一、诗爱之歌

> 诗人啊，诗爱你吗
>
> 把诗写成诗
>
> 结构就是形式
>
> 任何终极的造句
>
> 都忘不了火药味
>
> 枪毙自己
>
> 只为诗努力
>
> 把诗写成诗
>
> 就像让子弹飞

子弹头的火药

该不是诗歌的良心

诗爱又怎样

痛过光或暗的考验

大爱无疆，诗人啊

你能吗

河马点评：

从反向提问到结构形式

诗歌充满爱的终极造句

那么为诗努力就是良心

诗爱就是最纯粹的火药

痛过的感觉诗通过真好

2014年12月12日于永安约

十二、坏主语之歌

坏主意或是坏主语

就像一粒老鼠屎

来汉诗这田地

栽赃污点证据

汉语是没有盖的

锅底，又一粒更大的

老鼠屎，硕鼠呢

晃动屁股

从诗经到这里

混入唯一的母语

诗歌怎么是人类的

河马点评：

中国每天写诗的不低于200万人

但要找一首好诗总该去大海捞针

当下捞出的只是一个黑暗的主语

它浮出水面很混味道就是无间道

唯一的母语呼吸才是人类的福音

2014年12月12日于永安约

十三、追求之歌

诗意为解放人的黑暗

作为容器或真理

解放人的自私与欲望

当词语的岛屿被囚禁

极权把精神

把人的肉身禁锢为软弱的语气

把精神的容器进行破碎

把精神排除在生命之外

把精神排除出真理的范畴

人性被围猎

场面痛切如泉眼

什么将涌动泉眼的说话

灵在日出前带来氧的光明

原来真理一直陪伴我的脚印

为的是把心里的恶更多清除

要把心里的恶酿成美酒

这世上到处都有神迹

在每一个人心里走动

爱从未离去
就在悬崖上也高挂鲜花作为勋章
在深渊里也有黑暗酿成美酒
只要爱在
诗就像光的颗粒或种子的脚印

河马点评：

追求如此美好，吸氧如此养生
只因神在爱在自私和欲望也在
内心的诗意或恶的芬芳酿入酒
真理就是人的解放和富氧的光

2014年12月12日 于永安约

十四、谦卑之歌

生命恩典就是人获得人形
人性缘起，概括着神人性
人因果了自己
自我的全称就是大地
道路也因果了天堂的阶梯

人在大地上站立

未来的暧昧将因想象

而修改，而电闪雷鸣

谦卑就是人的造句方式

谦卑的泉眼正如童心未泯

最清澈的，是无知之眼

恩典中人，给你一个冒号

不想什么才是什么

河马点评：

什么是神的恩典？什么是人的使命？

混沌就是宇宙意志，光裸就是诗性可能

人既因果了全称的自己，人就要为

失乐园负责，就要在大地上构筑

谦卑的阶梯，抵近不存在的本真

2014年12月13日于永安约

十五、翅膀之歌

现代字典，默默听见鸟的翅膀

天空却听见鹰的斧头在暗中闪亮

鸟的天空，翅膀打开了封面和封底

鹰的翅膀张开两把斧头正有力地飞翔

天空的翅膀长在鸟的身上，是炊烟

鸟蛋煮了吗？就是鸟的自愿或炊烟

而鹰的翅膀长在斧头上，猎物出动

就是它的导航，这里定位只是编

一本字典，天空的两岸叫翅膀

河马点评：

现代象征丛林游戏规则玩得疯狂

字典象征诗意流动性凝聚的必要

普鲁斯特为什么要追忆似水流年

因为人类处境就像翅膀不愿停下

意识流进入两岸两把斧头的字典

表现既危险，便伴以人性的炊烟

2014年12月13日于永安约

十六、光线之歌

光线慢下来因为人跟不上
光线凝固自己的形象
把自己书写为与人对接的镜像
甚至光线慢成了针线活
母亲为孩子缝补衣服
光线的耐心支持了母爱
镜面母爱的反光就是天堂

河马点评：

光线离我们的内心有多远？
光线何以凝固自己的形象？
因为母爱无私与细微出现。
人间温馨就是镜像的反光。

2014年12月13日 于永安约

十七、创造之歌

写诗，要掏出心
作为火种
照亮前进
脚印移动胎记
一直护送到永恒
写诗就是写心
就是忏悔或感恩
就是恢复人的原气
这原气就是灵的密钥
词语在正确的方向
才能发现正确的密钥
恢复永恒的面貌

河马点评：

创造就是存在的价值取向
倘使诗人不在创造中前进
就在肉身中沉沦或进地狱
关键是发现灵的正确密钥

忏悔或感恩就是内心承担

德国胡塞尔说："我们切

勿为了时代而忘记永恒！"

2014年12月14日于永安约

十八、水墨之歌

这首歌向水墨致敬。因为

水的书法，让墨飞呀

雨当然是水的书法

谁曾激动得眼睛闪电？

孩提时，村庄就有几种雨的书写

毛毛雨是水写得细细的墨汁

仿佛惜墨如金，雨极有情调

也不乏心灵环保意识

这多半是秋天，是秋天的书法

一般的雨就使水的书法

有声有色，这墨就是透明

看雨的人听雨的人

远不如停下的鸟更懂

那滴入另一境界的墨汁

大雨的倾盆是我见到水的草书

那草书的脾气极暴极吵

极会运用夸张或呻吟

最后的水墨喝足了

就

胡乱添上一笔：

闪电

河马点评：

水墨是很传统的

水墨是很诗意的

水墨是很透明的

只有动漫式水墨

才很现代很跳跃

这首诗极端之美

在于双重的闪电

书写自然的闪电

书写命运的闪电

2014年12月14日于永安约

十九、缘起之歌

弗或是佛的前身

佛就是弗的声音

说不就是缘起之歌

那块石头已修了几十万年

终于有机会改变命运

因为佛涅槃以后

那块石头被一个做佛的工匠看上

工匠的手怀孕佛？弗也

工匠目光怀孕佛？也不是

工匠心里怀孕佛？也没有

是佛选择了说不

或减法生活

工匠成全了佛

这块石头成全了工匠

永恒当下见佛如见人

河马点评：

> 佛字本无，是译经时
> 用弗加人字旁造出的
> 关键是缘起法在轮转
> 刚好轮到石头与工匠
> 事就在石佛身上成了
> 这首诗启示：敢对欲望
> 说不，离佛的标准不远

2014年12月14日 于永安约

二十、火焰之歌

> 血为什么像漆
> 妖魔化自己
> 火焰在哪洗澡
> 火焰洗澡的舞蹈
> 怎样的明亮啊？
> 火焰忏悔
> 火焰见证了黑暗燃烧
> 见证了黑暗红透半边天

黑暗红透所有西红柿、胡萝卜、红辣椒……
黑暗沸腾火焰的面子
火焰洗脸
火焰压垮自己
火焰，水中的火焰
成为每一个异乡的血液
成为每一个故乡的血液

河马点评：

红色妖魔化或被妖魔化，
都不是造物主的本意。
火焰象征忏悔的火焰，
火焰象征黑暗的燃烧，
火焰象征洗澡的血液，
忏悔把故乡与异乡联结？

2014年12月15日于永安约

二十一、清凉之歌

人啊，不会迷失的人生

就像一滴水一样

漫游在这个世界上

自己成为一粒清凉

坚定就如死亡的攻击

淡定就如永恒的眼睛

这才是一个人的密码小径

河马点评：

深刻就是逼近，力量就是穿透

这首诗每一粒清凉都是火焰

人生的奥秘：坚定与淡定

2014年12月15日于永安约

二十二、芝麻之歌

小小芝麻
不流泪
流油
小磨悠悠
慢节奏
很鬼

河马点评:

小磨香油
象征慢的
就是美的
此诗奥妙
很鬼而已

2014年12月15日于永安约

二十三、技术之歌

炫耀吧，技术

大地不可能与技术对抗

自然也不可能与技术对抗

故乡不可能与技术对抗

我们的肉身也不可能与技术对抗

技术的消耗使得我们的肉身变得日益分解

技术分解我们生命的能力

技术饕餮我们人性的本质

我们吃技术

技术反过来吃我们吃得波涛汹涌

技术堆积更多危险和垃圾

自然与宇宙已不能正常呼吸

当技术都走向自己的反面

科学家就是良心的按键

河马点评：

　　这首诗勇敢揭露了技术的黑暗形式。

　　黑暗来自技术本身也来自绝对控制。

　　想起南怀瑾先生的一句话：技术

　　时代科学家就是人类最大的菩萨。

2014年12月16日 于永安约

二十四、遛狗之歌

　　打电话给她，她接了电话

　　回答："我在遛狗。"

　　打电话的人答她："那就是我，

　　一个独生子女命运拴在狗脖上"

　　她说这狗呀天天肉包子也不涮牙

　　打电话的人说，那狗成了

　　你生活的老板，不好吗

　　她说不，狗只是朋友

　　因为狗不说话

　　打电话的人说：

　　"你蹲下，

　　亲我。"

河马点评：

> 这首诗围绕一条狗和一通电话。
>
> 女的在遛狗，男的在逗她。
>
> 对话隐喻各自的人生命运。
>
> "蹲下与亲我"制造意外之美。

2014年12月16日于永安约

二十五、方言之歌

> 方言和饭菜
>
> 为什么都找不到口
>
> 家在变形，热闹在翻译
>
> 家被铁轨扭曲为油条，在外
>
> 谋生与还乡的油锅，方言
>
> 挣扎成抽象的黄昏，故乡的家呀
>
> 屋顶的炊烟，成了打工异乡谋生的伤口
>
> 火车票成为最拥挤的处方或原产地方言
>
> 什么担架将诉说铁轨和方言的数学猜想

河马点评：

　　在家或是回家，最可口的是地道方言。

　　不像在外那么混杂那么提防尚存戒心。

　　不幸的是方言变形记在上演在扭和曲。

　　记忆中的方言将在伤口或担架上流浪？

2014年12月16日于永安约

二十六、童心之歌

童心还没有被污染就很禅

禅着的童心很灵性

禅着的儿童很天真

禅着的童年很好奇

童心仿若露珠

不穿衣服

但衣服透视

童心的好奇很辽阔

黑暗用忏悔酿造了什么

童心的好奇就是自留地

河马点评：

童心仿佛是禅的眼睛照亮世界。

环境污染使童心毁灭隐患深重。

这首诗妙用程度副词"很"字，

使童心的透视充满好奇性辽阔。

2014年12月17日于永安约

二十七、灵魂之歌

灵魂看见了众生

灵魂看见了万物

灵魂看见了生命的旅行

灵魂记录了这个世界

还记录了无数秘密

就算把秘密放在人身上

人也不能破译

灵魂有自己的数据库

有自己的世界

它与人的肉身进行合作

又有自己相对的独立性

灵魂看见的

眼睛不能看见

灵魂看见奇迹都来自爱

这唯一的本质或爱

在沉默中也明明白白

河马点评：

　　灵魂与生命构成平行的存在关系。

　　灵魂看到更深远的内容包括形式。

　　人类能破译永恒的密码并不很多。

　　奇迹都是偶然的形式或爱的回声。

2014年12月17日 于永安约

二十八、树们之歌

故乡是一棵树，人们

砍伐多少棵树，就是

砍死多少个故乡呵

树叶飞走，变为

异乡的羽毛、脚印

故乡就会枯萎

倘若没有改变

没有停止砍伐

死亡将把未来宣判

因为乡亲就像落叶

栖息在上面

唯有树们

才站着修行

站着才有希望

河马点评：

　　这首歌动人之处，在于朴素的语言，

朴素的形象，朴素的歌唱；而辩证张力，

来自树们"站着修行"与对等的信念。

2014年12月17日于永安约

二十九、反抗之歌

为什么一生都是一名反抗者
因为没有反抗我就没有灵魂
我还未来到这个世界
我就知道自己是一名反抗者
为反抗黑暗的自由而来
反抗什么
反抗为什么存在
其实都只是反抗自己的内心
我的一生便是人类的一生
我的历史便是人类的历史
我的反抗便是人类在历史里面的反抗
而反抗仅仅只是微笑
反抗仅仅只是更好地爱

河马点评：

反抗什么一般比较清楚。

反抗为什么就更进一层。

我与人类中的自己，究竟

反抗的目的或意义是什么？

反抗只是微笑，更好地爱着。

反抗这么简单，但成功者不多。

因为真正的反抗是爱的呼唤。

2014年12月17日 于永安约

三十、自我之歌

像写成语一样去写短诗

像写呼吸一样写下大篇幅诗歌

像面条一样走自己的路

成为一碗面

成为所有的根

成为麦苗的麦地

自己就是自己

一个人的特色在于自己

成为一个明显的标志性建筑

从而不需要辨认

人家就知道是谁写的

一瓶相同的饮料

每一天就统一了所有的嘴巴

同质化只能死于标准

自我永远与它为敌

自我的存在就是个性的阳光

个性的阳光就具有所有阳光的皮肤与灵魂

歌唱吧，自我之歌不论什么篇幅

河马点评：

浪漫诗人写过自我之歌，

是带电的肉体带电歌唱。

而张绍民写的自我之歌，

目的是代替造物主发言。

呼唤成语短诗令人顿悟。

呼唤灵魂那标志性建筑。

呼唤丰满个性反同质化。

歌唱阳光的皮肤与灵魂。

造物主的通道如此开启。

2014年12月18日于永安约

三十一、胃口之歌

有什么样的胃，就长

什么样的口，胃口合谋着

万物联手，能吃掉汉语的饕餮吗

嘴巴了漏洞

嘴巴了深渊

嘴巴了人间

嘴巴了诗人的想象

人间的深渊莫过于欲望库这个身体

欲望库的漏洞成了嘴巴

成了人的任何过度索取

汉字魔鬼的嘴巴里

地球只一粒饭而已

欲望从嘴巴回到胃行囊

只要是人，就会有行囊

胃，随身携带着行囊

携带着坟墓或别墅

胃，随身携带的内部宫殿

住满了开会、文件、腐败

胃承担了深渊的工作

胃里有没有魔鬼的忏悔录？

河马点评：

胃是欲望的反刍，口是欲望的言说。

胃口合一就是汉语魔鬼或饕餮象征。

胃口作为主语制造多少行囊或垃圾？

汉语字典为什么找不到饕餮忏悔录？

这首诗值得我们从生活本质上反思。

2014年12月18日于永安约

三十二、留守之歌

原来留守空的村庄

为故乡这个被乡愁的词

第一代留守儿童已被青春

都继承上一代农民工被流动的命运

都被城市了，都被担架铁轨背井离乡

我像一块伤疤成为我成长的全部：粮食，命运

伤疤被扭曲，就像变质的饼不能充饥

充饥就会把疾病充到城里

找不到药吃，我多么渴望自己消失

消失了自己也消失了村庄

我寻找自己消失的方式

但没有很完美的答案

那么谁有权利剥夺我们的童年

让我们的童年被留守

后方的空正在被不幸充满

河马点评：

农民工与乡愁意识，代表中国前沿问题。

前沿中又有后方问题的前突：留守儿童。

一代代回家的铁轨，永远抬着梦的破碎。

这就是农民兄弟进城打工的命运轮回或

留守儿童被"充饥"被复制的悲剧根源？

究竟前方与后方、农与非农、工与非工

将怎样纠缠？弱的群体由谁来正确摆渡？

2014年12月18日于永安约

三十三、坟墓之歌

故乡的坟墓怀了孕

又一年的春天发芽了坟墓

故乡的坟墓生了

坟墓生下春天的花朵与幼苗以及嫩芽在坟头

故乡的坟墓自己生下自己

与孤独寂寞的自己玩

故乡的人不在故乡

故乡的坟墓失去了糖粒味道

故乡的坟墓也不馒头了故乡的村庄

故乡的坟墓也不乳房了故乡字典

故乡的坟墓唯一行囊了所有游子

倾向真空或饿成塑料袋

河马点评：

故乡与坟墓居然糅合在一起。

仿佛被留守的故乡就是坟墓。

仿佛被坟墓的生存就是现实。

这一切多么相似：乐园沦陷。

那唯一行囊，该不是真空胃。

2014年12月19日于永安约

三十四、大米之歌

大米洁白

比白粉还洁白

洁白并不纯洁

洁白最为黑暗

洁白最为邪恶

毒大米在喊冤——

我本纯洁如心

为纯洁星星

骨头洁白而安静

全为乳汁结冰

一粒冰心一目了然

而今我是一粒癌症

我要去圆满自己的舍利子

死亡、癌症化妆并控股我

在生活里坚挺着自己的骷髅白骨累累

河马点评：

当阳光、空气、水被污染，

这世上哪还有什么净土呀？

癌症成了极端病态的象征。

癌植物，癌动物，癌人类。

这是屈原《天问》未曾遭遇的。

因为洁白只是一种包装而

非本真，洁白意味着欺骗

与荼毒。控股就是罪或恶。

2014年12月19日于永安约

三十五、个性之歌

像造物主那样思考

就会得到造物主那样的心灵世界

有老子的思考

就能写下《道德经》一样的诗篇

像屈原《天问》一样思考

就能用诗歌成就宇宙力量

像释迦牟尼一样思考

就会大彻大悟

写下的诗歌会给生命带来终极之美

像耶稣一样，把世界各地的智慧融为一体

追寻真理，为自由努力

就能突破生死，抵近

诗歌普遍氧气的呼吸

这就是张绍民的诗学——

为永恒写作，个性了他的自由

河马点评：

个性自由通往个性诗学。

整体上两个词对等合一。

若不从个性出发就等于

造物主还没有选中代言。

诗歌的伟大远远超出人

的伟大，因为诗性包括

了神人性。而个性又是

创造的内存神圣了形式。

2014年12月19日 于永安约

三十六、爱之歌

你像一种空气
充满了我
像一种飞
充满我的内心
我把自己套在你身上
就像你的皮肤
在你的身上
我抚摸我自己
多么好的财富

河马点评：

爱是永恒的。
爱是想飞的。
爱是皮质的。
迷人的地方，

是爱的财富。
"爱与不爱，
同样深刻。"
这弹性之妙，
让爱去想象。

2014年12月19日 于永安约

点评雪克诗作《这一刻》

卜

巫

老鸨

依旧是

领土

旗帜和颜色

呼吸

这一刻

空气变性了

2015年3月17日 于普宁

河马点评：

此诗意态阔大，仿若蒙太奇叙述，在空气"变性"这个节点中，旧时代的江湖业态，与新时代的变性勾当，拥抱或呼吸在一起，而成了复杂性隐喻，其反讽性堪称划时代。

2015年3月17日于永安约

点评郑德宏诗作《诗人在增城》

在增城，喝

美酒带色，不是

看的，是喝的

诗人在增城

山水或反刍

就把这美色

消化

在词语里

河马点评：

从"喝"带色的山水，到"反刍"此山此水的个性，再到"消化"吸收一方山水的精神，三个动词环环推进，立体怀抱诗意之增城。

2015年4月1日于永安约

点评朱复融一首禅诗《与贤竹方丈小雨行走华峰寺》

无屏苍色染黄钟，
三月雨丝淡绿峰。
归鸟声长幽远径，
随师行坐起禅风。

河马点评：

此诗我喜欢，赤足海门禅。
朱兄疏问候，竹报虚怀宽。

注：华峰寺，旧称海门禅院，位于广州市萝岗区华峰山上。

2015年5月17日于永安约

点评世宾诗作《一日的辉煌已经散尽》

一日的辉煌已经散尽
长堤的游人聚集又散去
冷落本是大地的本色

在易朽的景象中
青春的激情，喧哗
没有一件事物，能独自繁华
日落后，逐一回到静谧的怀抱

只有江水，不枯，不荣
无言地流逝
冷落本是大地的本色

河马点评：

从这首诗我读到的是：禅与海德格尔。

禅表示大地冷与空的本色，或静谧。

海德格尔意义了死亡是存在的召唤。

哲学与诗，简单与本真，意态混沌。

2015年3月18日于永安约

不确定性

如水活泼。如尘落定

诗人呵，为什么还相信

意态中的羽毛不确定

因为本能从未背叛自己

2015年4月于永安约

最深的歌

最深的绝望
文如其人
在一个意向
深入紧张
在另一个意向
问题已浮出水面
倘若文如其人
最深的歌唱
仍是绝望

2015年3月20日于永安约

葫芦

1

带甜的药
你才愿意喝

因为痛苦
药不哭

2

把阳光漂白
太阳就是黑的
把尘埃落定
雨就流口水了

3

把一个葫芦
按在水里
水不答应
因为手一放
低处的反弹
将更柔软

2015年3月20日于永安约

对万物说

对呆滞说
诗就是跳跃
对流水说
诗就是直接
对万物说
大地的诗句
白痴般透明

2015年3月22日于永安约

意态组合

1

词
瘦了
意和态
却丰富了

2

人字

拉开些

就是八字

人又怎么趴了

3

大地上

水有多深

水就有多高

高处高过水吗

4

一个有深度的人

组合了词性和肉身

理想的意态诗人将诞生

2015年3月25日于永安约

仓颉

文字是温度的
动词是立体的
象形是闪电的
闪电是造血的

2015年3月31日于永安约

附：

答泽骉

泽骉：

理智是疯狂的，神经是常态的。

我读《仓颉》一诗，有点点悟了？

河马：

很好。逆思维也是一种穿越。

泽骉：

就是说，神经质也有春天？

河马：

是的。诗人是天生的，也就是说，

　　每个人都是诗人。问题是本能本体
被遮蔽，难以返回原初或进入光裸。
因此，诗写是简单的，更是神秘的。
从诗歌史看，神经质不仅是必须的，
且有酵母般的美感效应，极致便是。

2015年3月31日于永安约

忧伤意识

　　水做的女人
　　倘若意态充盈
　　亚当那两根肋骨
　　捏造谁的忧伤意识

2015年4月1日于永安约

标准或象征

水有根须
仿若意态树倒立
它的取向
以大海为归宿
所有的江河
注入，大海的能力
就是自我调节
而蓝，是标准或象征

2015年4月6日于永安约

非你所愿

神指定的人，神人性才绝对统一。
可能的飞翔，就像蜡翅的语言。
神性的力量，本就是闪电雷霆。
人这容器，头悬达摩克利斯之剑。

在考验中，只有安详，送走闪电。

住在天上，人性尽失，非你所愿。

2015年4月9日于永安约

意态之间

1

见风是舵

见浪是花

回头是岸

2

舵挟着风

浪携着花

岸如栅栏

2015年4月10日于永安约

反脆弱笔记

1

美国塔勒布《反脆弱》一书，值得细读。理由很简单：塔勒布此书以表格的形式，系统介绍了脆弱类—强韧类—反脆弱类三元结构，为世界万物在脆弱性频谱上的位置绘制了一幅完整地图。相信作者基于道德底线的信念承诺："摈弃空头支票，秉持某一信念，乃至个人愿意为其承担风险。"初读之下，我的直觉：此书虽不是哲学，但更胜哲学。因为脆弱与反脆弱，几乎决定"黑天鹅背景"中人性能力与命运安排。

2015年4月2日于永安约

2

今晚在网上看了诗人雪克为女诗人蔡小敏的诗集《流年像个孩子》所写的序，顿觉这篇《走向诗歌的优雅》的序，可能是雪克写得最好的文章。只是"诗歌尤物"的提法或表述似乎欠妥，因为蔡小敏更像诗歌的黑天鹅。本质上是天鹅般的歌唱，但诗中有不确定性，或神秘的旋律。
倘若女诗人从黑天鹅的不确定，迈向反脆弱的诗性能力，
便最大限度摆脱当下普遍的模仿性写作，从而开启蔡小敏
真正个性化写作。诚如是，相信蔡小敏未来不可限量。

2015年4月3日于永安约

3

　　蔡小敏刚刚完成的诗作《锁》，的确是佳作。但打
造一把文学的锁，就需配一把心灵的匙。如此，作品仍需
改动两个字。即把《锁》最后两个字"吻痕"改为"匙
吻"，那这首诗就铸造了诗魂。因为锁匙可丢可被偷，而
偷匙魂之吻又有谁能？这样改动就是反脆弱，把脆弱改掉
诗就不一样了。完整的诗，必须干净透明。也就是说，诗
中每个字都要精准和排他。

2015年4月3日于永安约

附诗：

锁

蔡小敏

请集结所有物理的

化学的，生理的，心理的

最好是文学的铁

打造一把识别唇印的锁

从此我把三千里江山，一百位诗人

据为己有

从此，我富甲天下

如果你要，请找准角度

迅速盗走我的匙吻

4

作为潮籍女性或本土诗人，蔡小敏近两年的诗写，最重要的变化不在于诗写如何，而在于气质如何。这就是个性气质的孕育。诗歌不可复制、模仿，诗写必须坚持本真，个性气质才能本能呈现。对于一个从学校到学校的女子来说，难度可想而知。可喜的是蔡小敏做到了，她完成内心的充孕，诗歌目光开始投向世间万物，并与它们进行直抵内心的对话。"这一个"气质型诗人就这样炼成。在我的想象中，她那黑天鹅之黑，应来自远古黑雨的沐浴，或是地下深处优质煤的蜕变，黑得如此神秘。黑仿佛给她以图腾和穿透力。因此请记住她那"陶质咒语"般的歌唱。至于她的飞翔，虽有风险，但可续航性超强，正是诗性反脆弱表现。

2015年4月4日于永安约

5

醉舟远去，而水仍在犹豫
那浮尸，被水的忧郁清洗
又如何从不确定中获益？
虽清醒如醉，兰波是谁？

2015年4月4日于永安约

6

宇宙意态浑然，何来人兽之辩？

永恒周流不息，何以死水一潭？

诗人说，牲畜之胃已降临生活。

哲人说，弓鱼死于返回源头上。

世间万物，不脆弱，就要强韧。

强韧，本质上只是一件迷彩服。

而反脆弱，脆弱才有存在理由。

也就是说，反脆弱便充满可能。

2015年4月5日于永安约

7

未知。将知。已知。

已知。将知。未知。

转动知，意态混沌。

倘若全知，就是神。

遗憾的是，人非神。

人有罪，便有缺憾。

神不能，要完美的。

因为神全知，全能。

而全称意义上的人，

反脆弱就成光裸者。

2015年4月5日于永安约

8

活着，趋死是一种脆弱。

写作，漏洞是一种脆弱。

脆弱与反脆弱，像拔河。

在时间轴上，词在漂泊。

地下暗涌，线条会改动。

心若感应，天空会发抖。

在此意义上意义是什么？

我之所以提出光裸写作，

就是召唤反脆弱的诗歌。

2015年4月5日于永安约

9

从确定到不确定性
命名也是一种界定
如同脆弱或反脆弱
脆弱是脆弱者专利
脆弱是脆弱者问题
而反脆弱本身却能
从不确定性中获益
这是塔勒布的体系
也是我的诗观所系

2015年4月5日于永安约

10

在脆弱类—强韧类—反脆弱类三元结构中，塔勒布
"豁免"了诗和艺术。也就是说，塔勒布把诗歌和艺术排
除在他的反脆弱体系之外。原因可能与他本人的兴趣和方
向有关。况且哲人说过，美是易碎的。加之艺术自身的创
造律令，脆弱类诗人恰恰不少。而强韧类诗人大多接近

"迷狂"。在此意义上，反脆弱作为诗学概念，应提到"拯救"或"免疫"的高度。文学的反脆弱，也就是文学本身的自信。近20年来，我无意中完成"本能—混沌—光裸—感恩—图腾"的创造使命，倘若结合塔勒布"反脆弱"的概念，将使我的混沌诗学或光裸写作更具人性。

2015年4月5日于永安约

11

人最初带着"啊"的一声，来到这个异乡般的世界。人的脆弱，便与生俱来。最后又被"啊"的一声，带离这个故乡般的世界。人的反脆弱，便确立如路，如坟。从子宫这呼吸的故乡，到地下这安息的黑暗，虽阴阳相隔，这一声"啊"就是哭的桥梁。而生命的原初，哭是屁股被拍痛苦的反射或本能；而生命的终结，哭只是自己拍拍屁股走人的意思。生死同步，"啊"这哭的原音，却完整了人生和痛苦。不管怎样，过程使然，反脆弱使然。在法国人兰波那里，原音是抽象的，也是纯粹的。兰波发现或想象中的原

音，却是"o"这个原音。o本身就是一个圆，
一个阿Q画不圆的圈圈。一个圆叠加一个虚圆，
就是人性从脆弱到反脆弱性表现。这也是我对
意态沧桑的体验。反脆弱性或人性能力就这样。

2015年4月9日于永安约

啊字诠释

啊是汉语的原音。也是任何外语的原音。
因为汉语人降临，或非汉语人降临之时，
本能都会发出啊的声音。啊就自我开启。
而危险或痛苦，兴奋或赞叹，诸如此类
际遇，啊本身既是原音，同时也是命运。
汉语非抽象化拼音，讲究的是音，是形，
是义。较之抽象的拉丁文字，汉语在声
音与意义之间，建构一个文字象形。比
如啊字，左边是口，表示用口说的意思；
右边是阿字，阿左是耳朵，用来听，而
右边是可，是可接触、可接收、可达致

等等表示或暗示。正因为如此，啊这原音只能是意态化的极致诠释。在法国诗人兰波看来，法语中的o，便是诗性的原音。这与汉语中啊大异其趣。倘若汉语人把啊这原音翻译成"a"，那么它就不是象形，而是抽象化符号。一个啊字，万种风情，都是意态造型。有意—无心—有态，反之，意态组合也一样。

2015年4月11日于永安约

4

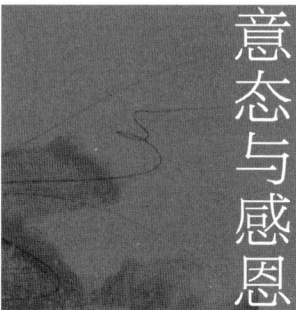

第四集

意态与感恩

母诗

1

谁的意态诗
啊我的混沌
或是我的情人
正如意和态
在词性中组合

2

我的母诗
无意中
注入
啊
无心
就是注入之处

3

意和态，仍在组合
有意无态，那不是
我说的意态诗；至于
母诗，将完成生产任务

4

每一个词
自首了
甄别就是
原初
啊原初
光裸就是

2015年4月11日于永安约

自嘲

老师中的老师
诗人中的诗人
诗歌中的诗歌
他妈我的母诗

2015年4月11日于永安约

·

行与思

我思我在，笛卡尔说
我行我在，赵汀阳说
思维的，思想的，思念的
思未尽，在又如何
行动的，行为的，进行中的
行未远，不在又怎样
行与思，合起来就是创世

2015年4月11日于永安约

雾或着相

着相就是他妈的，锵锵
牛逼，还自以为是
着想就是他妈的
虚，天堂就是
雾的无名指

2015年4月11日于永安约

求或象形

求加一个王字旁
就是球字
求有弹性的
把王字旁闲置
求或象形也没意思

2015年4月12日于永安约

阿Q

阿Q精神
与谁沾亲带故
当下究竟是原初
阿Q画圆
不知道要死人
因为他本就是图腾

2015年4月12日于永安约

岸

1

海的肩
在耸
在哪耸
都是蓝的岸

2

海哭了
海哭之处
也不是
大海的胸脯

3

看不见的
岸
或是
词的仰望

2015年3—4月于永安约

怀念东荡子

睡在黑屋子的荡子
睡姿也是黑色的
从黑色到黑色
神已把圣者
反复认识

2015年4月13日于永安约

意态问答（一）

一宸：

看了你近来的意态诗，能否以
"金、水、木、火、土"为标题
创作一组物质与精神、自然与人
文、灵与肉……思考式组诗？期待。

河马：

谢谢。意态诗或母诗，是极小众的、
未来性的，我的自嘲就是："他妈

我的母诗"。五行于我也如意态循环。

一宸：

如意合态，意态合一。背意意离态，
意态交合。开放的对应的双向的乃
至换位的，包括和本我之我的换位
才是完整的意态一体。可乎？

河马：

意态一体贴切乎，会生孩子的母诗
或意态诗，离光裸写作也不远乎。

2015年4月13日于永安约

K线图

同样看股市的K线图
不一样的把K线看成
一捆捆人民币，在
打桩，在建筑
也就是说，K线
是用钱垒出来的

即便K线变化的情况

有的人看不懂，却看见

一捆捆的意态混沌

切入的机会光裸如初

2015年4月15日于永安约

女人的头被马遮住

马与女人，深度接触

诗人说，以梦为马

这匹马的奔走，抵近可能生活

又有人说，情人是一匹马

这匹马的痛苦，被夹成幸福指数

何以深度接触，女人的头被马遮住

2015年4月16日于永安约

陶女

抱陶的女孩，把陶装满水

再把陶顶在头上，行走一段

体态优美和优雅的改变

是她头上顶着的重量

一个仿真的、意态的词

把她的人她的陶罐

她的渴和不渴还原

抱陶就像抱住火一样

2015年4月16日于永安约

致如烟

如烟，首先感谢你一路关注我的意态诗。

如你所言，"知道是好诗，但看不懂"。

我也曾回复你：看不懂没关系，知道是

好诗就足够了，或者说，喜欢更重要。

因为处在你这个年龄，深度视你若陷阱。

况且写诗痛苦得美妙，必完成得卓然。

最好别写，至于怎么努力，或者如何提高写作能力，我在这里提供三点意见给你和散文网众多的作者朋友参考——

第一，通过体验与思考，尽可能弄清人生或生活的本质，以便孕育自己的诗性思维，如此认识能力便超越了年龄；第二，通过整体性思考，给自己一个定位和目标，究竟你的个性兴趣适合创作什么样（抒情类、叙事类、史诗类、诗体小说、诗剧之类）的诗歌，如此定位之后，回过头再定目标，你想描述什么样的世界，一个专属于你的诗性世界；第三，要写好诗，先写好散文。只有思维清晰，表述清晰，文字干净，惜墨如金，才具备诗写的能力。至于当下那种模仿秀、假抒情千万不要沾惹。上述三点你做得到，诗写不好可来找我。好吗？

2015年4月16日于永安约

藤上花

你说那藤

像虹

拱起了梦

我说那花

却开在梦之上

2015年4月于永安约

怀念秦时路

虽有高铁

仍怀念秦时路

或蒙古人的骑术

意态中的事情

以什么为镜

主观的、客观的

或主客观的

都不是镜像的问题

关键在于脆弱

仍要把反脆弱性取缔

而历史的惯性

又如何从加速中获益

2015年4月18日于永安约

词的立面

朗朗的阳光雨

打湿了你的内心

离我远点是云

天风送走谁的泪滴

而身处低谷

听不见卑微的声音

却听见了空空的足音

那屋檐下亲人般的风铃

你绕过的、飘过的
或是不喜欢不看好的
而寂静就是用心
把词的立面认清

2015年4月18日于永安约

铁树在期待中

开花的声音，像黄昏砰然而至
多年没有的黑暗或深沉
就在一个夜晚，盛放
铁树呵铁树，该放开的
不管是词性或肉身
仍要放开，并把期待中的
唤为稀罕的、珍贵的客人

2015年4月20日于永安约

答雪克

倘若黄昏的客人，是夜的来临
这夜的洞穴，意态就够深沉
而殿堂般透亮的神圣
正把光的渗透指引
光明的痛苦便是创造未来的子民

2015年4月20日于永安约

冰心

雨

如冰

睡着了

凝重我心

是一片玉壶

醒了就叫冰心

2015年4月20日于永安约

神话

极端的太阳，这世上
曾有九颗出现，后羿的箭
把八颗太阳的心，射穿
剩下的一颗，撒一泡尿
自由的尿，维他命般
芳香，维持它的渴
或渴的热量
大地恢复了春天
时光也有些许清凉
四季就像血液一样循环
一泡自由的尿，仿若
昨天的留言，明天的希望
而那八颗太阳，跌落在摇篮
难怪儿时即便不尿床，你也
闻到一股日味，另外的极端将出现
一如神异天象，而爱与不爱的主张
惊动了身边的陌生人，以及被水

抱住的恐慌，洪水也曾带走故乡的大象

异乡的方向，还有一个阿斯加的牧场

2015年4月20日于永安约

感恩或祝福

集中的写作，已告一段落

对于写作，我以痛苦祝福

除了神指定的人，谁又能祝福

只有神本身，于是我选择感恩

感恩荡子，让我找到诗的图腾

感恩绍民，让我参与神歌建设

感恩动词，当下已被动词捂住

感恩词的立面，缔造意态的镜

感恩自由、永恒或反脆弱写作

2015年4月20日于永安约

带一条华容河来玩吧

你给远方一条华容河

——题记

你发布消息，说在某学院学习
而我就在：意态路—永安约
离我不远，想象中的学习
应带一条华容河过来
河水带不走爱情与友谊
你就带一条河流的酒意、醉意
或者诗意、禅意，就是不要
思想的浮尸或地狱一季
虽说现处春夏之交，极易
患感冒，听说昨夜还有冰雹
没关系，我已备下幸福感冒素
其实最好的药，就是你自己
任你再怎么能，在我的视线里
只能把故乡那条河流带出来
就像马带着尾巴，也把异乡

摔打，一个风洞让华容河

在风洞中，旋转意态木马

玩就是组合，要玩得漂亮

就让卑鄙者，像卑贱者仰起鼻息

2015年4月21日于永安约

附记：

谢谢德宏给我写这首诗的本能。

本来昨晚就想止住，倘若再写

不能突破自己，就要止住写的

欲望或冲动。人诗如如，就是

欢喜心。意态的无，就是镜子。

水的马蹄在水下

一匹像河流奔走的诗歌之马

那就是我，那就是意态的我

大河是我的马我也是诗歌的马

大河性格开朗，内心深处

或河床的底部，暗涌

就是它的抗争，而江河

最大的区别，就是表现形式

江上的水流或语感，总是那么跳跃

而底部平静如初，而河

它表面安静，心里却暗涌不止

区别或对比，更让我安静前行

我有我的使命，水的马蹄在水下

2015年4月21日于永安约

盘活永恒

永恒已被挥霍

仿佛归零了收获

而精神却凝为负资产

如何盘活？审美去功利化

2015年4月21日于永安约

一天的时间

意态混沌，未必滴血认亲
一天的时间，仿若沧海桑田
那叫永安约的地方，有时也会
忧伤，意态路仍敞开永恒的门槛

2015年4月22日于永安约

只要意态合一

达·芬奇画蛋不厌其烦
只为那意态的立面
而我年轻时只想
把两个梦画圆
两个月亮，曾被我
发现，仿若两团岁月
一团是实的，人说是圆

一团是无，意态说

那是虚圆，也像异乡病

好日子就从生病开始

因此饿，你我约定

词性抚摸，谁饿了就光裸

正如异乡与故乡，饿了

就息息相通，仿佛有鼻子

有眼睛，还有彼此的噪音

2015年4有22日于永安约

神性的方方面面

神性的一面

让你看不见黑暗

为不自由活着

在真正的自由到来之前

为不能不忏悔活着

神性的另一面
肉身毕竟还是人
一个感性充盈如抒情的人
而活着，神性的
方方面面，无非意态的立面

2015年4月23日于永安约

致绍民

就因青春诗会上，小雨老师一句话
说你是两千多年来最好的诗人
你便开足马力，或信以为真
虔诚之中，仿佛得到神的启示
谦卑之中，为自由活着，为永恒写作
因为神有话要说，你也这么做
于是伟大的《神歌》，应用分行
或不分行的真理，在敲打或耕耘
你布局，那350万字，字字在呼吸
如细胞，如脑活素，如人体软组织

那350万字，不分行，不发火

正如意态混沌，而笑容露出

因为神有话要说，你也这么做

2015年4月23日于永安约

光裸意识

他，辞世将近百年，是否百年一觉光裸梦？

他是谁？苏曼殊（1884—1918）或"苏疯子"。

他是晚清民初的诗人随笔家、小说家、翻译家、

画家，还是"革命和尚"，以及中日的混血儿。

他，更是风月场中的旁观者，圣洁的光裸者。

去年夏天，本拟作为个案研究，用三年的时间，

好好研究一下他的光裸意识，用随笔方式为他写

一本《光裸意识·我的苏曼殊》的书，惜乎条件

仍不够充分。既看不到其山水画的真迹，如仅凭

一些模糊到不能再模糊、影印到不能再影印的

图册，比如，陈世强先生著录的《苏曼殊图像》

之类，我是不忍心下手惊动他的。计划中，我

选择用创作而非学术的方式。读其诗，读其文，读其画，读其人，读其心，五读之后，总体上勾勒或形塑出"我自己"的苏曼殊，并把他的意态坎坷与"难言之恫"，他的"近代气息"与人格魅力，他的骨观与情场底线，他的迷人之处，统统整合到他的光裸意识中，从而完成随笔体创作。目前计划虽搁置，但闲时我总在"静观他"，阅读他。好在我引他为镜，为师，在意态路上几为"好伙伴"。出于感恩，"光裸意识"概念的提出，仍应归功于他。理由不复杂，细节决定一切："苏疯子"百年前极端之处，某晚在日本横滨天义报社，便以其光裸肉身，莫名地闯入报社创办者刘师培夫妇的卧室，意在作原初式宣誓：无意识的光裸，何以反抗混沌之初？那一夜，时间虽仍不具体和明确，似应定格在1907年7月某日。他手指室内那一对眼神像洋油灯般浑暗失色的变节夫妇（清廷密探）大骂。我不知道，友情与本能，革命与背叛，热血与冷酷，怎样冲突？但我知道，苏曼殊突然疯了。况且刘师培是他的忘年交，何振则是向他学画的女弟子。那时他就寄宿在他们报社。按我的排列，那一夜，人性诗性神性，便在光裸者骂声中集结。此举颇富象征，也不乏无意识受难的烙印。为此我愿，用一首诗偈把光裸者范示。

百年光裸谁得似？莫道我师苏疯子。
意态混沌懒组合，诗字去言只为寺。

2015年4月23日于永安约

不变之间

写作，有时也很难受
简单的变，就叫简易
正常的变，就叫变易
还有一个倾向，那就是不易
不易是谁承诺，赢在信心
爱情也一样
简易就是爱的蜻蜓
稍后变易就是爱的密侦

最后不易就是绝望或离异

不变之间，永恒并未出现

意态的呼唤也没有对象

2015年4月24日于永安约

意态苍凉

把时间压缩为圆

——题记

我的意态

就像我的呼吸

能缓则圆

我的

意态海洋

所以成其大

由于意态立面是平的

而变圆

2015年4月于永安约

读策兰想到的

叶维廉的翻译更胜一筹

策兰的死亡意识与跳跃

或是诗性张力，有读头

在我看来，世界三大黑暗诗人

除了特拉克尔、策兰，就是

理想图腾的东荡子，好样的

我的兄弟，死亡给你带来安息

只有生存，给你无尽的喧嚣

和没有非活不可的照耀

2015年4月25日于永安约

读不懂的东荡子

从来没有这样，去年以来

我已为荡子写了九首诗，

若干随笔，还有一本随笔集。

我的荡子，是世界级的，时间

会证明一切，朴素才是本体，
这最后的实在。用我的概念说，
诗的嫁衣就是朴素。而意态死亡，
才是绝望与希望的碰撞。当荡子
"凝成黑色一团"，连神也恐惧。
而神"模糊成一片"，完整的人才
出现。而永恒就在当下的意态之间。
所谓真故乡，难免为假异乡蠢动。
诗人珍重。不管想不想活，活着比
死去还要艰难。因为喧嚣就是黑暗。

2015年4月25日于永安约

铭记

铭记荡子
黑暗的诗人
光明的使者
铭记荡子
他来自沉渊

已跟死亡说再见

而无望的水波

仍在岸上

闪烁

2015年4月于永安约

幽光会一直诉说

感谢易数，给我一个标题。

——题记

幽光会一直诉说

你写诗，却经营不了

天底下的好事，若全听你召唤

你像造物主般骄傲，或像传说中

孙悟空竖起尾巴当旗帜

我宁可没有牵挂

只把一匹诗歌之马意态化

一起寻找吧，空空的你和我

那匹诗歌之马，隐于水下的喧哗

2015年4月25日于永安约

附诗：

河马印象

易数

入原点或混沌
一身灰黄
挥舞双膊么
阴阳分化飞离
太极无限远
裸立天心
眼眸异化
黑洞是否终极关怀
口说无凭
幽光会一直诉说

2015年4月21日于普宁

闲杂或闲适

我需要的不多，早餐有一碗白粥

一根油条，一碟闲杂的心情

我就吃得很爽，很开心

有时我想，辛辛苦苦

跟不爱的人过一生

诗性也不致贫乏

我也不怕笑话

清凉或朴素

还有打盹

我选择

打盹

像

山门前那老和尚

打盹时空流一滴闲和适

2015年4月26日于永安约

流水谣

流水不腐，水意若谣
多少行人
渴了只要一瓢
顺手还要
一葫芦的歌谣便拴在腰

该不是流水也会
意态白描
源头活水不来
天意忍不住水来土掩
还要在它身上撒泡童子尿

人意为瓢
水意若谣

2015年4月26日 于永安约

陪伴一个人的清晨

时光会陪伴一个人的一生

不用费心把好钟点找寻

慢慢变老，不要心急火焚

好钟点也只是闹钟提醒般的服务

生若不知死，清晨干吗不黄昏

贿赂死神，阎王也不敢照单全收

金水木火土，意态循环生克不止

不如一碟闲杂，三分闲适

或者茶三酒四出游二

人字旁加二是仁，也不确定清晨是黄昏

就来一碟闲杂人等，陪伴一个人的清晨

2015年4月27日于永安约

感言五篇

1

感谢诗人雪克，他帮我改诗。我的《铁树在期待中》一诗，出于感激，送给女诗人旻旻。

并没有什么特别之处，但雪克帮我修改之后，我才发现：他的修改稿很用心，诗也改得不错。

问题是不太符合我的意态风格。意态诗写法，与其他诗写法，重要区别在于：同样一颗铁树，决不从言说对象（植物）入手到动物性收获（修改稿中"果实"显然有性暗示），而是从自然（植物）到人性可能。铁树开花的"声音"，与期待中的"客人"，都是同义反复的。

2015年4月25日于永安约

附诗:

铁树在期待中（河马原稿）

开花的声音，像黄昏砰然而至

多年没有的黑暗或深沉

就在一个夜晚，盛放

铁树呵铁树，该放开的

不管是词性或肉身

仍要放开，并把期待中的

唤为稀罕的、珍贵的客人

2015年4月20日于永安约

铁树在期待中（雪克修改稿）

开花的声音，像黄昏砰然而至

多年没有的深沉

就在一个夜晚，盛放

铁树该开放的

不管植物的词性

或肉身，仍要开放

并在我们的期待中
唤为珍贵的果实

2

词的立面，心的镜子。

2015年4月19日于永安约

3

荡子著名的《黑色》一诗，
他词性的凝成"黑色一团"，
就是连神也恐惧的元素。
用我的话说，就是原初。

2015年4月25日于永安约

4

《思和念》原稿："前轮若是思/后轮就是念/往返
不停的路面/彼此的终点，驱动了天下的脚"。改《思和

念》这首诗，最后竟是黑白电影《南征北战》中，汽车与
脚竞走的画面，启发了我。写诗就是本能或意态正常转动
而已。也感谢雪克，他提出建设性意见。当我把"脚"拿
掉，意态天下便呼之欲出。不过有一点很确定：意和态之
间，存在多种组合的可能性，多义或复杂的诗歌，有时并
非出于诗本身的要求，而是出于打开读者思维或思路的预
设。正因此，不确定愈多，可能性也愈多。语气难免有些
拖沓或不肯定。从意态出发，意和态是可调转的。思可能
是后轮，念可能是前轮。倘若只从一首诗出发，修改稿肯
定是最棒的；若从诗写方式出发，原稿反而是母诗的
写法。

2015年4月25日改于永安约

附诗：

思和念（修改稿）

前轮是思

后轮是念

往返不停的路面

终点，驱动了天下的脚

5

雪克：

这首《幽光会一直诉说》的诗很好。我觉得无论你提倡什么，诗歌语言一定要干净、跳跃。不然读得很累。而且我发现你若、或、才是、就是这类词用得太多。你都知道自然、原初才是诗，但你现在玩出来的每首，都看出太过刻意。为什么不按你的观念，改变语感，这样刻意？

河马：

是有点刻意。你知道直接才是王道。我以母诗为皈依。要开启一种新的思维方式，或者诗写方式，没那么容易，大部分人都说我的诗太深奥，读不懂。但我有信心，知音会越来越多的。当下的诗不是不好，而是太做作，不实诚，况且有时流畅得丢了魂。过则飘。于是不少感性或媚骨。媚诗。顺便提一下，此诗的"幽光"是本体，并非言说对象，不用寻找。这点很关键。

2015年4月25日于永安约

意态问答（二）

问：

什么是意态？

答：

简单地说，意在意向、意识、意义等等，也在意念意思本身；态就是态势、态度、姿态等等。合起来意态就是一种思维，一种语感造型。或者说，超意象，带有意识流，并且潜伏了无意识。

问：

什么是意态诗或母诗？

答：

意态诗的不同叫法。可以说，意态诗离无意识最近。而母诗充满使命感，词性孕育与生产。母性之光，是意态最柔软的部分。而诗像本体自身，谁又能言说呢？有一点很有意思，意和态可分可合，意态可作名词与动词，充满诗性可能。

2015年4月26日于永安约

附：

雪克：

态，那个态度属于意吧？

河马：

不然。意和态中，态度与态势及姿态、状态等连在一起，还是同义反复。况且态度本身也有抽象的仪式感。

2015年4月26日于永安约

一个人打盹时

一个人打盹时
一片天机犹如垂涎欲滴
寂静
让他进入空灵之镜
而镜的另一面
醒来尽是口水般的现实

2015年4月28日于永安约

意态还原

1

用一把斧子
伐木
却美白了
树的
死亡日子

2

水一直披着
一件朴素的衣衫
而野蛮或污染
却把它的衣服偷换

3

用榫
对接木的
内心
从形式到精神
牢固便得到仿真

4

因为火无意中发怒
腥的词性被烤熟
不朽的食物
制造闪电或人性

5

土也不想把水掩埋
冲突过后
水始终睡在

它的床上或身上

6

金水木火土

你来我往

缠斗方酣

意态打成一片

却仿真了人的五脏

2015年4月29—30日于永安约

意态路

1

路若躲闪

被扔在路上

别把死亡捎上

2

死亡的新娘
只有待嫁
闺阁却没有嫁妆

3

你天生孤独
即便母诗为伴
死亡也没把你高看

4

意和态
给死亡化装
诗还要看你一眼

5

最后的新房
已盖妥当
它不在意态路上

6

但诗还要看你
一眼
把意态留在路上

7

趁终点还在躲闪
转瞬
永恒将闪亮

2015年4月28日于永安约

园子里的常客

谁的花园，摘不尽的
千百种芬芳和形状
更有千万种光泽
迷人而不遐思
因为思已止
满脑的诗
找不到
动词
它
来了
这园子
没有栅栏
也没有歌唱
风是一个常客
雨呢是一个远亲
而花只要轻唤一声
风就警惕远方的来客

2015年5月6日于永安约

附：

创作手记

写完这首《园子里的常客》，我觉得有点不可思议，因为半年来，"满脑的诗"，一直涌泉而出，只要手机键一按，字和词就组合成行，句与句又组合成群，诗来了。如此这般，有时意在念先，有时态在意前，意态之间，诗来找我，而非我去找诗。就像一座城市，钢筋水泥来找我开工，而非我被捆绑建筑，这种情况可能是意态或潜意识配合得默契。也可能是沉淀的东西，已过期而不作废，于是其沉如香，充满油性和光泽度。正如这首诗，园子的设定，是诗性或意态魅力，常客被指定为风，远亲被指定为雨，而满脑的诗歌，仿佛园子的主人，只是动词未到位，很难找到合适的突破口，或安身立命之处。这一刻，作为常客的风，仿若诗歌或花朵的守护神，倘若远方有来客，它便会辨别动静，或所来何为，暗示性的语感无非一声有气味、形状、光泽的"轻唤"，而作为雨本身，带来的是润泽和荡涤，还有清凉的日子。诗写至此，作者也不知道，满满的诗要找的那个动词，其实就是"来客"。用东荡子的话说，这个"来客"仿若诗人身上的一个"漏洞"。找到这个漏洞，诗就成功。

2015年5月7日于永安约

反思诗歌

1

诗好玩？残了，废了
词性和肉身扑得欢？

2

诗有病？虚弱只为
毛孔出示的内在症状？

3

心若不在，精神的圣餐
血不会是红酒肉也并非面包

4

蚂蚁的事业，细小就像洞穴
那里一片黑暗，挖出了安全感？

5

媚字，用女子和她的美眉造成
意在眉前，态在眉下的眼睛？

6

天堂欲望了人本身光裸的目的
忏悔构思它的阶梯，谁来奠基？

7

诗人的聪明，不仅仅像候鸟一样
把握时间的节点，哪好哪待去？

8

对存在而言，无论哪一天
诗若玩残了玩废了，人更惨

9

该不是神一般的降临
意态混沌蔓延到人的全身？

2015年5月9日于永安约

生命的缝隙

普遍的吻，催动了大地
和一片绿叶的热情
在光合作用中
落叶的氧已被吸尽
死亡仿若生命的缝隙

2015年5月10日于永安约

反脆弱写作

对人而言，脆弱很普遍。失去了乐园，人的原罪便已注定，且像"闪电不可修改"。天上人间，绕不过的是，罪与罚。而人性中的欠与怕，并未具足，甚至反而变本加厉，陷于恶性循环。从批评与创作的角度看，大概创作归创作批评归批评。有时批评看多了，作者反而更糊涂了。至于过度诠释与心不对口，如此这般，只要达成各自的目的，已没有底线，也无所禁忌。此等腐败，败坏了诗性，也败坏了人本身。作为最初与最后的存在，诗歌与人业已出现可怕的脆弱性。用我的话说，"死亡仿若生命的缝隙"。于是反脆弱写作应运而生。因为此前我已提出光裸写作，或者意态写作，若加上反脆弱写作，我的混沌诗学体系，将更坚实或靠谱。而支撑这个体系的，却是本能—混沌—光裸—感恩—图腾这五个要素，正如五根柱子。反脆弱写作的提出或倡导，便是建立在这样的基础上。简言之，光裸写作、意态写作、反脆弱写作，显然是同义反复的，构成"词的立面，心的镜子"。具体而言，反抗至少的人性，反抗至少的黑暗，反抗至少的真理，达致动态性的人诗合一。或者说，写作与生活，思考与行动，取得同步性的效应，尤其是尝试把批评转换为创作，意和态在组合中走向可能的涌动。正如母诗的创造意志，就在反脆弱之腹。

2015年5月11日于永安约

跋

1981年上大学时，我猛然撞入一个误区：批评看得太多，作品看得太少。时至今日，学科化的批评越来越苍白。缺乏心智的批评，对创作是致命的打击。2011年夏与诗人东荡子聊天，他说我『天生是诗评家』，当时我的心动了一下。20年来，仿佛是本能驱使，从光裸到混沌，从图腾到感恩，无意中做了两件事：

第一，把诗评转换为创作是我的方向；

第二，建立混沌诗学是我此生的梦想。

至于混沌诗学或创作性批评如何抵达成功，我一无所知，而心实向往之。我只知道，批评的改变，源于新的诗性思维与诗写方式。有一个意态梦足矣。

本书分四集：第一集是『意态与本能』，第二集是『意态与混沌』，第三集是『意态与光裸』，第四集是『意态与感恩』。这四集『你中有我，我中有你』。本来还有一集『意态与图腾』，然诗性血缘与诗的图腾，我已用随笔方式创作《图腾集》一书，这里就不作考虑或安排。若打成一片，将构成意态诗学体系。

感谢张绍民允许我从他《圣经》续集般的《神歌》中，随意摘编了36首歌中之歌。

是为跋。

作者2015年5月11日于永安约